エンジェル・フォール! 1

A L P H A L I G H T

五月蓬
Gogatsu Yomogi

アルファライト文庫

Main Characters

主な登場人物

杏樹薄葉《アンジュウスハ》

超平凡・特徴なしの高校生。18歳。完璧な妹に劣等感を抱いている。

杏樹明華《アンジュアキカ》

ウスハの妹で才色兼備《さいしょくけんび》の優等生。17歳。いつもなぜか兄をベタ褒《ほ》めする。

マゴ

ウスハ達を召喚した魔導士。18歳。気弱だが村一番の実力者。

レークス
若きノトス国王。20歳。天使召喚を独力で成し遂《と》げた秀才。
アルム
熱血漢の青年。23歳。グゼを信奉《しんぽう》し、敬愛している。
グゼ
治癒術を操る美貌《びぼう》の主。22歳。多くの貧しい民に慕われている。
イツキ
ノトス国最強の剣士。20歳。残虐《ざんぎゃく》・冷酷と恐れられる。

杏樹薄葉《アンジュウスハ》

普通。普通。普通。

俺を表すのにこれ程優れた表現があるだろうか？　いや、優れてないか。普通だな。

生まれてこのかた目立つこととなし。成績平均、運動神経平均、身長平均、体重平均、社交性平均……。

そして、モテることもなし。特別な友達もなし。教師に目を付けられることもなし。目指す大学もごく普通。苛《いじ》められることもなければ、キモイと罵《ののし》られもしない。

まさにミスターノーマル。これ程普通だとむしろ特殊に見えるかもしれないが、それくらい地味《じみ》に生きている。

起伏のない平坦なレールをひたすらに走るマイロード。まあ、とりたてて苦労もないが、楽でもない。そんな人生がぴったりのはずだった。

そう、はずだったのだ。しかし、実際の俺は普通に生きられていない。

それもこれも、全てこいつのせいである。

「兄様《にいさま》。おはようございます」

「……おはよう。早いな」

「薄葉が遅いんでしょ！　明華《アキカ》はとっくに起きてるのよ！」

リビングに入ってすぐ、朝っぱらから母さんに叱られ溜《た》め息が出る。昨晩は試験勉強で夜更《よふ》かししていたのだから、朝くらいゆっくり寝ていてもいいだろうに。

まあそんな言い訳が通用しないことは分かっているから、口には出さない。もし勢い余ってそんな言葉を吐いたら、「普段から勉強しないからでしょうが！　あなた受験生でしょ！」とさらに喧《やかま》しく騒がれるだけだ。

悔しいことに、家で俺は文句一つ言えない。

それは全て、妹、明華のせいだ。寝起きのままジャージ姿で食卓に着く俺の隣で、既《すで》に朝食も綺麗に食べ終わっている。まだ登校まで時間があるのに、ぴしっと制服を身に着けている。

普段からきちんと勉強をこなし、高校二年の今では学年トップの成績を誇る。運動神経も抜群《ばつぐん》で、あちこちの運動部から引っ張りだこ(何故か全て断っているが)。人当たりもよく、周囲の人間からこいつの悪い話を聞いたことはない。真面目で几帳面《きちょうめん》、なんでもそつなく素早くこなす。

そして、これでもかと言わんばかりにその容姿まで優れている。

俺はもう見慣れたが、綺麗に束《たば》ねられた黒髪はさらりと艶《つや》やかに垂《た》れ、化粧のひとつもしないくせにきめ細かく染み一つない肌は美しい陶器を思わせる。潤《うるお》う唇は色っぽく、長く伸びたまつ毛に二重瞼《ふたえまぶた》。鼻はスッと整い……要は表現しきれない美しさを持つ。加えて冗談としか思えないような、すらっとしたスタイル。つまり凄い。兄の俺でも言えるその一言。

決して俺がシスコンなわけではない。むしろ、俺は妹が、明華が嫌いだと言えるかもしれない。

「ご馳走様でした」

手を合わせ、礼儀正しく一礼すると、母に言われずとも明華は皿を纏《まと》めて台所に運んでいく。慣れた手つきでぶら下げられたエプロンに手を伸ばす。そして、するりと鮮やかにそれを着こなし、皿洗いを始めた。

「いつも悪いわねぇ、明華」

「大丈夫だよ。好きでやってるだけだから」

「薄葉にも見習ってもらいたいねぇ」

「俺は関係ないだろ……」

　これだから嫌なんだ。いつも俺は明華と比べられる。このせいで、俺は普通でいることが苦痛で仕方ないのだ。

　全てにおいて、負けていることは認める。俺にもいいところがあるなんて、負け惜しみは言わない。しかし、周りの人間は俺を否定してくる。それだけが堪《たま》らなく許せなくて、俺を苛立《いらだ》たせた。

　明華はこうなのに、明華ちゃんは凄いのに、明華さんはちゃんとしてるのに……何故《なぜ》周りは俺が普通でいることを許さない？　無視できればいいのだろうが、俺は普通だ。そんな言葉に心を揺さぶられる程度にな。

　だから俺は、明華に劣等感を抱かざるを得ない。どうしようもなく暗い、劣等感を。

　そもそもそんなことで、俺が明華を嫌うのは的外《まとはず》れだという人間もいるだろう。しかし、俺だってそのくらいは分かっている。優秀な妹が憎いなんて俺は全く思っていない。劣等感の原因を、明華に押し付けるつもりはない。

　むしろ俺は別の、妹のとある一面が途轍《とてつ》もなく嫌いだった。

朝食を食べ終え、皿だけ運んでさっさと部屋に戻った俺は、いそいそと制服に着替える。試験前の勉強のおかげで今日は眠い。欠伸《あくび》をして、目に浮かぶ涙を拭いながら背筋を伸ばす。え？　なら朝早く起きてやれ？　夜更かしするな？　言うな。俺は夜型人間だから仕方がない。

朝食前に顔は洗ったので、後は制服に着替えて家を出るだけである。二階の自室から荷物を手に飛び出し、階段を駆け下りる。

「あ、兄様！　もう出るんですか？」

するとリビングから明華の声。はぁ、と俺は溜め息を吐《つ》いて、出てきた明華から目を逸《そ》らしながら頷いた。

「じゃあ私も一緒に……」

やっぱりか。いつものことである。もうさすがに慣れた。いや、慣れはしたが気分はよくない。俺は「可愛い妹と一緒に登校……たまらん！」なんて言うようなシスコンではない。むしろこいつと一緒に歩くことには抵抗を覚える。

別にそれは、比較されるだとか、釣り合わないと笑われるだとか、他所《よそ》の男に嫉妬《しっと》されるだとか……そんな理由ではない。

「……行ってくる」

「行ってきます！」

俺は小さく、明華ははっきりと挨拶《あいさつ》をして家を出た。

ちらほらと同じ学校の生徒が通るなか、妙に痛い視線を感じながら歩く俺の横に、ぴったりとくっ付くように明華が並んだ。

「兄様。夜遅くまでお疲れ様です」

「ああ。俺はお前と違って普段から勉強してないからな。寝てらんねぇや」

「お身体に気を付けてくださいね」

「お前は試験、どうなんだ？」

「あ、大丈夫、かと」

「俺は駄目そうだよ」

明華は何故か俺に敬語で話しかける。まるで、駄目な俺を尊敬でもしているかのように。

普段から威圧《いあつ》して怖がらせているわけでもないし、こいつが両親に対して敬語を使っているわけでもない。

おかしな話だ。ありえない。しかし、明華のおかしいところはこれだけではない。

「そ、そんなことないです！　兄様は絶対に大丈夫ですよ！」

「何を根拠に……」

「だって兄様は凄いですもの。絶対に失敗なんてしないです！」

　この言葉が、この眩《まぶ》しいまでの目が、俺が一番大嫌いなのだ。

　明華は何故か、妙に俺を持ち上げる。「兄様は素晴らしい」とか、「兄様が一番」とか「兄様は絶対に失敗しない」とか。

　何を根拠に言っているのかは分からないが、何故か俺を妙に過大評価するのだ。しまいには「兄様は私よりずっと凄いんです」とまで言い出す。

　俺には妹の言葉が、嫌味《いやみ》ったらしい皮肉にしか聞こえなかった。優秀な自分を笠《かさ》に着て、俺を無責任に評価する。上から目線というか、天に好かれた者の余裕というか、そう言ったものが、劣等感に苦しむ俺にはたまらない苦痛だった。

「それはやめろって言ってんだろ！　変な励ましはするなって！」

「励ましなんかじゃないです！　兄様は本当に……」

「黙らないと置いてくぞ？」

　少し言いすぎたかもしれない。試験前の疲労で俺も気が立っていた。わずかにその目を潤《うる》ませ、口をぎゅっと結ぶ明華を見て、罪悪感が湧き出してくる。

　それはじわりじわりと俺の劣等感と苛立ちを塗りつぶし、やがて深い溜め息と共に、俺は諦めのこもった言葉を絞り出した。

「……悪かったよ。寝不足でイライラしてたんだ。言いすぎた。ごめん」

ここで意地を張りきれないあたりも中途半端だな、俺。

すると明華は、突然ぎゅっと俺の手を握ってくる。

「……謝るなら誠意を見せてください」

「分かったよ」

妙な所で強気に出るのが明華だった。こうやって昔からおんぶだのだっこだの手繋《つな》ぎだの、色々要求されたものだ。

こいつが俺をどう思って、慕《した》うような態度を取るのかは分からない。ただ他人の目からしたら、これはブラザーコンプレックス、所謂《いわゆる》ブラコンというものに見えていただろう。それ程に普段から明華は俺に付きまとってきた。

最近はさすがにもう諦めかけている。嫌味にしか思えない賞賛よりもこれは根が深いしな。

こうして、嫌いな妹と共に通学路を歩く。

春先、散り始めた桜の花びらが鬱陶《うっとう》しい。咲き誇ると綺麗だとは思うけれど、道に散らばる花びらは邪魔だと思う。俺はそこまで美的センスに優れているわけじゃない。

コンクリートの道を革靴でぎゅっと踏む。それは幾度となく繰り返してきた動作だった。

しかしその時、その一歩だけは、明らかに今までの惰性的《だせいてき》な動作とは違う異質なものだった。

踏み出した足下に、奇妙な紋様《もんよう》が浮かび上がる。その紋様の放つ淡い光が、線を踏みつけた俺を咎《とが》めるように、足を這《は》い上がってくる。

――天啓《てんけい》ノ契約ニコリ、汝《なんじ》ヲ天ノ遣《つか》イニ任命セン

「兄様！　これは……」

明華が怯《おび》えた様子で俺の腕にしがみつく。どうやら俺の錯覚《さっかく》ではないらしい。見れば足下の紋様は、俺と明華だけを包み込むように張り巡らされている。周囲の人間は、この紋様にすら、いや……俺達に全く気付いていないようだった。

「な、なんだこれ！」

――歪《イビツ》ナル者ヲ、其《そ》ノ力ニテ討《う》テ

歪なる者？　其の力？　何を言ってるんだこの声は？　しかも何か……頭に直接語りか

けるような。なんだこの声!?

遂《つい》に光が俺と明華を完全に包み込む。そして、最後に奇妙な声が大きく響いた。

――サスレバ、汝ニ望ムモノヲ与エン……！

カッ！

眩《まばゆ》い光が俺の視界を塗りつぶす！

目を閉じ、白い世界に身を溶け込ませた俺は、明華の手の温もりだけを感じながら、ぐらりと揺れる世界の渦《うず》のなかに呑み込まれていった。

「成功……ぞ！」

光が徐々《じょじょ》に弱まり、目に走る痛みが和《やわ》らぐ。そして次第に、霞《かす》んでいた視界が回復していく。

なんだ……何が起きた？

俺はそれを確認するように、ゆっくりと目を開けた。

「天使様！　天使様が我らの呼びかけに応えてくださった！　しかも、お二人も！」

天使？

俺の目の前には、数人の人間。こちらをまるで明華のように希望に満ちた目で見つめる奇妙な服装の人間。

横を見ると、目をぱちくりさせながらしがみつく明華。

足下には、俺達を包み込んだ紋様が刻まれている。

状況がいまいち呑み込めない俺は、ぽかんと目の前の人間達に釘付《くぎ》けになる。

「よくぞ降臨《こうりん》くださいました、天使様！　どうか我らをお救いください！」

……どうやら俺と明華は、天使になってしまったようだ。

マギア村長ソフォス

球界《きゅうかい》テッラ。

我々の住む大地が丸いことが、大魔導師マゴスにより証明されてから千年。他にも存在する丸い大地との区別を図《はか》るため、この世界は『テッラ』と名付けられた。

テッラは数十年前までは平和で、命の輝きに満ちた世界であった。

……そう、数十年前までは。

球界、そう名付けられた丸い大地。我々が立つテッラ以外の球界にも、また違った生命が存在した。多くは友好的に、なんの問題もなく交流を取り持つことができたものの、唯一、そうでない者達がいた。

彼らは訪れた我々の同志を皆殺しにし、さらにはテッラにまで攻め込んできたのだ。

我々は応戦した。他の球界の住人達も協力してくれた。しかし敗れた。その圧倒的な力の前に。

何もない荒れ果てた死の球界『プルトナス』からの侵略者――我々が『テラス』と呼ぶ奴らは今、テッラの美しい命の輝きを貪《むさぼ》り尽くし、徐々にその大地を侵食《しんしょく》し始めている。

我らの王国アナトリの首都、アギオが奴らの手に落ちてから早一ヶ月。王の軍隊も壊滅《かいめつ》し、敵に対抗する戦力はほぼ失われた。わずかに残った兵士と首都の人間達は、魔物から逃れるように国の隅《すみ》まで追いやられ、遂には我らの住まうこの村、マギアに辿り着いた。

既にアナトリは崩壊寸前。我々は首都から逃れてきた数少ない避難民と共に、完全に追い込まれてしまったのだ。

屈強《くっきょう》な戦士達と村にいた優秀な魔導士達。その力により暫《しばら》くは持ちこたえていたが、やがて限界が訪れる。

王国最強の戦士エクエスが討たれ、遂に後がなくなったのだ。このままでは誰一人生き残れない。

そう判断した我々は、藁《わら》にも縋《すが》る思いで、優秀な魔導士を数多く輩出《はいしゅつ》する我が村に伝わる伝承《でんしょう》に頼ることを決めたのである。

テッラがまだ名もなき頃、この世界は巨大な化け物に支配されていた。その化け物は命を喰《く》らい、光を奪い、世界を闇に沈めていった。

そんな絶望の中、とある魔導士が描いた魔法陣から彼は現れた。

最初は何も知らぬ未熟な子供。しかし、彼は魔導士の下で多くを学ぶ。

彼の成長は目を見張る程で、やがて魔導士をも超える才を示すことになる。

その強大な力を行使し、彼は化け物に一人立ち向かった。

そして、見事勝利したのである。

化け物は消え、世界に光が取り戻された。彼は人々からこう称えられた。

偉大なる神の住まう天からの使い、『天使』と。

何も知らずとも、自ら学び、成長し、最後には強大な闇をも打ち払う。そんな力を身に付けた勇《いさ》ましき者として、彼はまた『勇者』とも呼ばれた。

伝承の天使の魔法陣は、太古の魔導書に示されていた。我々は最後の望みとして、この天使に、勇者伝説に縋ることに決めたのである。

召喚術に精通した村一番の魔導士に、三日三晩寝ずの儀式を行わせ、私は王と戦士達と共に、儀式の成り行きを見守った。

魔導士マゴが最後に自らの血の一滴を聖杯に垂らし、アルマを魔法陣に流し込んで、ようやく口を開く。

「準備は整いました。最後の呪文で儀式は完成します」

「そうか……頼むぞ！」

マゴは既に息も絶え絶《たえだ》えだった。それを見ていることしかできない私達……。

振り絞るように、マゴは最後の短い言葉を吐《は》き出す。

「……召喚プロスクリスィ！」

同時に、魔導士が手を掛ける聖杯に光が灯る。やがて光は魔法陣を照らすように強く輝きだし、紋様をなぞるように駆け巡った。

「成功か⁉」

「来ます！」

カッ！

眩い光にその場にいる全員が目を瞑《つむ》る！

そして……。


「……現れたのが私達、というわけですか」

魔法陣から現れたのは二人の天使様だった。そのうち、美しい容姿を持つ女の姿をした天使様は、我々の話を聞き、すぐさま理解を示してくださった。どうやら言葉は通じるようだ。

「おいおい、冗談じゃないぞ。なんの夢だこれは？」

もう一人の天使様は、男の姿を持っていらっしゃった。こちらはいまいち乗り気でないようで、全てを否定されていた。変わった衣服を身に着けている以外は特徴もなく、一方の美しき天使様とは似ても似つかない。

我々の視線が女の天使様に向いたのは自然なことだろう。

「まあ兄様。起こってしまったことは事実ですし、これはどうも夢ではなさそうですよ？」

「じゃあ俺の頬《ほ》っぺた引っ張ってみろよ」

「無理です。私が兄様に痛い思いをさせるなんて！」

「ああ、ああ、そうだったな！　お前はそういう妹だったな！」

どうやら兄妹のようだ。しかし、似ていない。

「おい、お前らなんだその目は？　似てないとか思ってんだろ？」

「ひっ！　も、申し訳ありません！」

「兄様抑えてください！　皆さん怯えてますよ！」

凄い形相《ぎょうそう》でこちらを睨《にら》んできた兄の天使様。妹の天使様とは酷《ひど》い違い……恐ろしや。

なんとか兄を抑えた妹の天使様は、こちらに優しく微笑みかけてくださった。

「お話は理解できました。少しまだ戸惑う部分はありますけど……ご期待に応じないわけにもいきませんし……」

「おい、お前正気か⁉　何勝手に話を受けようとしてるんだ⁉　絶対におかしいだろこんなの！」

「でも兄様。皆さん困ってらっしゃいますし……」

「ああ、そうだな！　お前はいつも困ってる人は放っておけないし、期待されたらなんでも二つ返事で受けちまうよな！　でも今回はやめとけ！　夢じゃないとしたら、お前、わけの分からない奴と戦うことになるんだぞ⁉」

「に、兄様……それは私を心配してくださって！」

「違うっての！」

うるりと目を潤ませ、喜びの笑顔を浮かべる妹様を突き放す、兄の天使様のお言葉。

妹様はそれに少し落ち込んだあと、すぐに強い視線を送られた。

「大丈夫です。伝承によると天使は学び、強くなると。つまり、私達もこの世界のことを学べば魔物に対抗できるのでは？」

「では？　じゃねぇよ！　学ぶったって、何を学ぶんだよ！　俺は今日試験を……あああ！　そうだよ、今日試験だよ！」

何を言っているのかさっぱりだったが、私は妹様の考察が正しいことを確かめるため、恐れ多くも口を挟《はさ》ませていただくことにした。

「天使様のために、この村には多数の魔導書を取り揃《そろ》えております。入門から基礎、発展、応用など一流の魔導士を育てるのに十分すぎる量があります。どうか一度、それらに目を通していただけませんか？」

女の天使様はキラリと目を輝かせると、すくりと魔法陣から立ち上がられた。

「興味深いですね。あと、私のことは明華《アキカ》で結構ですよ！　天使様じゃ呼び辛いでしょうし、私も恥ずかしいですし」

「お前……ここでも勉強熱心か！」

「え？　兄様は興味ないんですか？　魔法ですよ魔法！　向こうじゃ見られないですよ！」

「子供か！」

美しい天使アキカ様はとても楽しそうで、兄の天使様は、もううんざりといったご様子であられた。アキカ様は私に向かって、神々《こうごう》しい笑顔を見せながらおっしゃった。

「その魔導書……見せていただいてもよろしいでしょうか？」

「はい、ありがとうございます。マゴ、儀式を終わらせて早々で悪いが、アキカ様のご案内を」

「はい、ソフォス様。ではアキカ様、こちらへ」

マゴには儀式の疲れが残っているだろうが、魔導書を封印した部屋には結界が張られている。それを扱えるのはマゴのみ。彼女に任せるほかないだろう。

「おい待てよ！　俺だけ置いてこうってか？　俺も行くっての！　ったく！」

「兄様、私といないと寂しいという……」

「違うっつーの！」

……兄の天使様もついては行かれるようだ。

村の魔導書庫。厳重に封印された室内に入り、マゴに本の解説を受けたアキカ様は、すぐさま入門の基礎知識が記された魔導書に目を通し始めた。

その手と目の動きの早いこと。基礎の魔導書とはいえ、それなりの魔導士でもここまで早く目を通すことはできない。さすがは天使様といったところか。

「兄様！　やっぱり読めますよ！　見慣れない言語のはずなのに内容が分かります！」

「ああ？　……細かっ！　こんなのお前はスイスイ読んでんのか⁉」

「え？　はい。速読はそれなりにできますので」

兄の天使様は一冊の魔導書を手に取られ、しかめっ面で睨めっこされていた。対するアキカ様は早々と入門書を読み終えると、ふうと息を吐かれた。

「ちょっとだけ、危なくない程度のことを試してみてもよろしいですか？」

「あ、はい。ここの本には個別に結界が張ってありますので、ちょっとしたトラブルくらいでは損傷しません。ご自由にどうぞ」

マゴの言葉にアキカ様は優しく微笑むと、指を一本立てて、じっとそこを見つめられた。するとなんということか。指先にぽっと火が灯ったのだ！　入門書を一通り読んだだけで、アキカ様は魔法の仕組みを理解されたのだ！

「す、凄いです！　魔法の発動はそれこそ基礎を学んでも長い修練が必要になるのに……！　しかも詠唱《えいしょう》なし。アルマ形成をイメージだけで完成させたのですか？」

「あ、はい。詠唱はイメージの固定のためにあるものと思いましたので。それがない場合に、イメージだけで操れるかをテストしてみたかったんですけど、なかなか難しいですね。

やっぱり呪文の暗記も必須ですか。ここにある魔導書、全て目を通しても構いませんか？」

「は、はい！」

「少し骨が折れそうですけど……よし！　行くぞ！」

アキカ様は気合い十分といったご様子で、書庫の本に片っ端から手を掛け始められた。

いきなり魔法を発動させたことといい、なんという能力の高さ！

やはりアキカ様は伝承の天使様に違いない。

そう確信し、希望の光に胸を膨らませる私。

その時私は、本を読むことを放棄《ほうき》し、魔導書を読むアキカ様をじっと見つめていらっしゃった兄の天使様には、気を向けることさえしなかった。

なぜ、天使様は二人現れたのか。私も、マゴも、王達も、全くそのことに気が回らなかった。

希望の光は、アキカ様一人だけで十分過ぎる程に眩しかったのだ。

天使アキカ様は、驚くべきスピードで次から次へと魔導書を読み進めていきました。入門、基礎、標準レベル。一般的魔導士が一年掛けて習得する内容量の魔導書を一時間足らずで読み上げてしまった時には、さすがに本当に内容を理解しているのかを疑いました。

「あの……ここに書いてある大気中のアルマの還元《かんげん》技術の記述が、それらしい本からも見つからないんですけど、もしかしてここにある本とは分野が違ったりしますか？」

「え？　あ、ああはい。それは魔法というよりは器術という分野の技術ですので。ここは魔法関連の書物しか……あ、必要なら、村の書物庫に簡単な物があったのでお持ちします！」

「あ、大丈夫ですよ！　取り敢《あ》えず、あるものだけでも目を通しちゃいますので。後で自分で行きます！」

凄い分かっていそうな雰囲気。やはりさすがは天使様といったところでしょうか。侮《あなど》っていたのが申し訳なくなりました。

その後も猛烈なペースを維持するアキカ様。私に尋ねてくる話もだんだんとこの世界に馴染《なじ》んだ人間のような、そして専門の道に進む人間のような話になってきました。次第に私も返答に困り始めた頃です。

「ふぅ、終わりが見えないなぁ。魔導、奥が深い……」

本を閉じて語るアキカ様は、既に書庫の魔導書の七割近くを読み終えていらっしゃいました。一日も掛からずに……まさに圧巻《あっかん》。

しかし、何故でしょう？

私達の村を、国を、命を救っていただくのだから、素晴らしい能力を見せつけられるのは喜ばしいことなのに。どうして、私はどこか悔しい思いをしているのでしょう？

私は幼少時から、ずっと村の魔導士に付いて魔導を学んできました。最初は魔導書の記述も全く理解できず、叱られながら、挫《くじ》けながら、必死で勉強を続けてきました。

十二歳にしてようやく一人前の魔導士と認められ、それからもずっと鍛錬《たんれん》を怠《おこた》ることなく魔導を探求してきました。

そして私は村一番の魔導士と呼ばれるまでに、自らの能力を磨きあげたのです。

そう呼ばれることを私は勿論《もちろん》誇りに思っていましたし、自信も持っていました。

しかし、アキカ様はいとも簡単に、私が十年近くを掛けて読んできた魔導書以上の量を読み終えています。しかも、私が未だに理解も解読もできない、難解な記述もどうやら理解している様子。

私の努力は、なんだったのでしょう？

劣等感に唇を噛《か》みました。同時に馬鹿な自分を戒《いまし》めました。何を考えているのでしょう、私は。自分が余計に嫌になります。そしてそれを打ち消すように自分を戒め……。

そんなきりのない感情の揺れ。そう考えた途端に、ふらりと意識が遠のきました。あれ？

急にめまいが……。

そのまま書庫の床に倒れてしまうかと思いました。

しかし、私の身体はふわりと受け止められたのです。

「おい、大丈夫か？　顔色悪いぞ」

「あ……天使様」

なんとアキカ様のお兄様でした。倒れそうになった私を、お兄様は優しく受け止めてくださったのです。

「も、申し訳ありません！」

「いや、いいって。それに天使様って……薄葉でいいよ、別に」

「は、はい。ありがとうございます、ウスハ様」

ウスハ様は、アキカ様に見せていた強い態度からは想像もつかない、穏やかで優しいお言葉を掛けてくれました。そして、先程までの険《けわ》しい表情からは打って変わって、気遣《きづか》いの表情を私に向けてくれたのです。

「やっぱり顔色悪いって。大丈夫なのか？」

「は、はい大丈夫です。ちょっと儀式の疲れが出ただけですので、支障ありません」

「儀式？　俺達を喚《よ》び出した儀式か？　……へぇ。見た目、歳は俺達と近いくらいなのに。それって結構凄いんじゃないか？　伝承に残るような儀式なんだろ？」

「凄い」そのウスハ様の言葉に少し嬉しいと思ってしまう私。私はこんなにも自己顕示欲《けんじよく》の強い人間だったのでしょうか？

「そんな……アキカ様に比べたら私なんて」

「明華と比べるなって。あいつは出来すぎるだけだよ。え～っと、名前は？」

「あ、マ、マゴと申します」

「マゴか。あいつと競ったら絶対負けるって。俺なんか負けっぱなしだからな。ほら、すっごい地味だろ？」

自嘲《じちょう》するウスハ様。その自虐的《じぎゃくてき》な言葉は、冗談を言うような軽い感じで……もしかしたら、ウスハ様はアキカ様に対して、私が劣等感を抱いていることを見抜いたのかもしれません。その言葉は、私を励ましてくれているようでした。

「ぷっ！」

「あ、今笑ったな？」

「あ、申し訳ございません！」

「いやいいって。もっと砕《くだ》けた感じで。俺、あんまり丁寧に扱われるの得意じゃないんだわ。ほら、俺、地味だろ？　いかにも普通って感じだろ？　ほれほれ」

「うぷっ！　……申し訳ないですが、確かに普通の方だな〜とは思っていました」

「だよな〜」

何故でしょう。何故かウスハ様からは、とても親しみやすい印象を受けてしまって……無礼だとは分かっていました。しかし、何故か普通に接することができるような気がして、自然と、まるで友達のような言葉を出してしまったのです。

「俺はさ、あいつといっつも比べられてる。だから比べられるのが嫌なことくらい分かってんだよ。だから、比べるな。マゴはマゴだろ？　凄い儀式を任されるような凄い魔導士なんだろ？」

それはご自身の立場からくる、同情、感情の共有？

私はその優しくもありがたいお言葉に、わずかに熱くなる頬を押さえながら頭を下げました。

「ありがとうございます、ウスハ様」

「ウスハでいいっての。様とか柄《がら》じゃないしな」

何故でしょう？　身近な感じしかしない、とても普通な天使様。良くも悪くも普通。

今の私達の状況では、これは悪いことなのでしょう。しかし私は、既に本を読むことを放棄した、がっかりすべき天使のウスハ様に、奇妙な感情を抱き始めていました。

「は、はい……ウスハ」

「いよっし。それでよし」

もしかしたら、ウスハ様、いえ、ウスハは普通に優しい方なのかもしれません……。


こっくりこっくり、いつの間にか眠りに落ちていた私。どうやら腰を下ろしたことが災いしたようで、疲れが出てしまったようです。しまった、天使様の案内役を任されていたのになんたる失態《しったい》。

「も、申し訳ございま……」

言いかけて、私は気付きました。

アキカ様とウスハ、二人がなにやら言い争うような声に。

「お前、もうある程度魔導とかいうものを理解したんだろ？　だったら、喚び出された天使はやっぱりお前なんだ！　俺はあの時手を繋いでたから巻き込まれて……」

「いいえ、違います！　きっと天使として喚び出されたのは兄様です！」

「俺はノーマルだ！　天使だとか救世主だとか、そんな取り柄《え》は一切ない！」

「いいえ、兄様は凄いんです！　私なんかよりずっと！　きっとテラスなんて、バッタバッタと薙《な》ぎ倒して……」

「お前の中の俺はどんな超人だよ！　とにかく俺は付き合えない！　先に帰らせてもらう！」

「そんな……絶対兄様が天使なのに！　それにどうやって帰るっていうんです！」

「それは、何かあんだろ帰る方法！」

気まずい……それも有りましたが、何よりウスハの本当の気持ちを聞いて、胸が痛くなりました。

確かにウスハからはアキカ様と違って特別な何かを感じませんでした。それがまさかアキカ様の巻き添《ぞ》えだったからだなんて。

私達は勝手な都合でアキカ様を召喚した。アキカ様はとても優しい方だから、その期待に応えてくださろうとしている。

しかし、ウスハは完全に巻き込まれただけ。私達の都合で。

立ち上がろうとした時、肩からパサリと何かが落ちる。

「……ウスハの上着？」

ウスハとアキカ様が身に着けていた変わった上着。それが私の肩に掛けられていました。

その優しさを感じ、余計に胸が痛くなったのです。

本当は私のことが憎いはず。なのにウスハは私を責めずに気遣いさえ見せてくれる。そして、その遣りどころのない感情を身内のアキカ様にぶつけてしまう。

間違っていると分かっていても、何かに当たってしまうんだ。

口論は続き、アキカ様の声が今にも泣き出しそうなものに変わりました。

いけない。私が原因なのに。

私は意を決し、天使様の喧嘩に割って入りました。

「ウスハ！　やめてください！　私が全部悪いんです！　アキカ様を喚び出した私が！」

「うお！　びっくりした！　マゴ、何だ急に！」

「喧嘩はダメです！　責めるなら私を責めてください！　勝手な都合で間違って、ウスハを喚び出したのは……私なんですから！」

するとと、意外なことに反論してきたのはアキカ様だった。

「マゴさん、それは違います！　本当は兄様の方が喚び出されるはずだったんです！　それにオマケで私が付いてきただけです！」

「え？　で、でも」

「兄様は凄く強いんですよ！　それはもう、テラスだかなんだか知りませんけど。鬼やら竜やら、ファンタジーのモンスターなんて兄様の手に掛かれば赤子の手を捻《ひね》るような……」

「お前、もうやめろ！　お前の中の俺は何者だよ！」

アキカ様は潤んだ目で声を上げます。

「だって兄様には『暗中無心拳《あんちゅうむしんけん》』が！」

「それやめろ！　恥ずかしいだろうが！　ある意味、黒歴史だぞ！」

「あ、あんちゅうむしんけん？」

「ほら見ろ！　マゴの頭の上にハテナマークが浮かんでるだろうが！　あんなの習いたくて習ったわけじゃ……それにあれは山田さんの、ただのお遊びオリジナル拳法であってだな！」

「兄様は凄いんです！」

「聞き分けないなお前！」

何やら分かりませんが、アキカ様がここまでウスハにこだわる理由は何なんでしょう？

あんちゅうむしんけん、というものが関係しているのでしょうか？

私が首を傾《かし》げて考えていると、不意に天井から凄まじい轟音《ごうおん》が響きわたりました。

ズズン！

「わわ！　ま、まさか……敵襲ですか⁉」

「大変！　ほら兄様！　行きましょう！　テラスかも知れませんよ！」

「俺は無理だ！　俺はノーマルだ！」

「いいですから、ほら！」

アキカ様はウスハを引っ張って、書庫から飛び出して行きます。私も慌ててその後を追いました。

「テラスだ！　遂に結界を破って入ってきたぞ！」

「で、でかい！　ど、どうするんだ、あんな化け物！」

外は大混乱。私が張り巡らせた結界が破られたというのです。そんな……数日を費やして、さらには毎日のように強化と点検を繰り返してきた結界が簡単に破られるなんて！

「あれが……テラス！」

「いやいやいやいや！　無理無理無理無理無理！　あんなの無理だから！　絶対無理だから！」

アキカ様もさすがに驚かれたようで、ウスハに至っては必死。それも仕方ないこと。あれ程の大きさのテラスは私も初めて見ました。

空を覆い尽くすような長い体に黒い鱗《うろこ》。巨大な口を開き、恐ろしい牙を並べた規格外の大きさのテラス。それは伝承に残る、太古のテッラで暴れていたという化け物『ドラゴン』に、非常に類似しているように見えました。

地の底から響くような、大気を震わせるような、巨大テラスの声が轟《とどろ》きます。

「テッラの弱き者達よ。今日で貴様らも最期だ。この大地、我々が戴《いただ》くぞ。我が名はトルメンタ。天空の支配者なり！」

恐ろしいテラス、トルメンタは私達を見下すように、穴のあいた結界から姿を見せています。私はじわりと湧き出す汗と震える手を抑えるように、ロッドを手に取り前に出ました。

「アキカ様！　ウスハ！　村人達とお逃げください！　ここは私が食い止めます！」

まだ成長途上のアキカ様をここで失うわけにはいかない！　村が攻め落とされても、アキカ様がいれば、必ず反撃のチャンスは来る！

私は自らの命を捨てる覚悟で、トルメンタを見上げました。

しかし、私の覚悟は意味のないものだったのです。

「大丈夫です、マゴさん」

次の瞬間、私が感じたのは膨大な量のアルマの奔流《ほんりゅう》。桁《けた》違いのアルマの流れの中心には、声を発したアキカ様が立っていました。

「もう、戦える程度の魔導の知識は入っていますから」

それと同時にアキカ様の口が動き出します。呪文の詠唱。アルマを思う形に作り上げる、魔法形成の儀式。

それは私がまだ知らない、解読できなかった最上位クラスの魔導書に記されていた呪文だったようです。

長く複雑な詠唱を、まるで鼻歌でも歌うかのように口ずさみ、アキカ様はアルマを恐ろしい密度で展開なさいました。

「ケラヴノス」

暗雲が立ちこめ、膨大なアルマが雲の渦の中心に集中していきます。その中には、今にも溢れださんとする高密度の力が集まっていました。

その力は狙いすました槍のように、トルメンタの巨大な体を鋭い雷《いかずち》となって襲います。

自然支配系統、いきなりそんな超強力魔法を⁉

カッ！

雷の槍は、激しい轟音と閃光《せんこう》と共に、トルメンタを直撃しました。

「な、なんだこのアルマは……あああああああ！」

トルメンタの叫びが木霊《こだま》します。

ゴロゴロゴロゴロゴロゴロゴロゴロッ！

「す、すごい。すごすぎる……」

目も晦《くら》むその強大な一撃は、一瞬でトルメンタの体を黒い消し炭《ずみ》に変えてしまったのです！

「大きかったんで、念のためと思ってちょっと大きい魔法を選んだけど、失敗失敗。あそこまでの規模は必要なかったかな。もう二ランクくらい落としたほうがアルマの節約に……」

村にいるほぼ全員が、驚愕《きょうがく》しました。ただ一人平然としているアキカ様は、冷静に魔法の規模やアルマ消費量などを計算しておられました。

舞い降りた天使。改めて確認できた希望の光に、村の者達は、王は、戦士達は、盛大に沸き上がりました。

アギオ騎士団第二団長オルコス

天使。古《いにしえ》の伝承に伝わる存在。

最強の騎士エクエス様を失った我々が、最後の頼みの綱として召喚したその生《い》ける伝説。

初め見たときは酷く頼りない存在に思えた。

浮き世離れした美しさを持つ一人の天使は、確かに神々しい輝きを放ってはいたものの、所詮《しょせん》弱々しく見える女。とてもテラスに太刀打ちできる存在には見えなかった。

もう一人はさらに不可解。一言で言うと、ぱっとしない。戦えるようには見えないし、女の天使に比べて容姿もいまいち。顔も印象に残っていない。特徴がないのだ。

この二人が天使？　何かの間違いではないのか？

そう思ったのは私だけではないようで、騎士団の騎士達も複雑な表情を浮かべていたのを覚えている。

まぁ呑気《のんき》な王は、美しい天使アキカに見惚《ほ》れて満足げな表情をしていたが。

この儀式はそもそもリスクが高いものだった。それこそ考えもなしに縋《すが》れば、痛い目を見る程に。

長い時間と労力を費やすこの儀式には、マギアの魔導士を最低十人は必要とするらしい。しかも、その中心には、十分なアルマ量と魔導技術を持つという村一番の魔導士、マゴが絶対に必要だった。

マゴに長時間の儀式を実行させる、それは村の守りを相当弱めることに繋がる。ただでさえ、十人もの魔導士が欠けるのは危険なことだというのに。

騎士団は、少なくとも私は、マギアの魔導士達の力を大きく評価していたし、アナトリのわずかな生き残りが集まるこの村の防衛に、彼女達が欠かせない存在になっていることを自覚していた。情けないが、彼女達の力なくして防衛は成り立たないとさえ思っていたのだ。

だから村長は踏み出せずにいたのだろう。それが酷く危険な諸刃《もろは》の剣であることを理解して。

私も勿論、異を唱えた。危険すぎると。ここは隣国ノトスに助けを求め、避難民の受け入れを要求すべきだと私は考えていた。ノトスは幸い、なにやら強力な武力を保持しているようで、テラスの侵攻を見事に食い止めている国の一つである。その助けを得られれば、国の人間達の、王の安全は守られるはずだった。

しかし、それを拒《こば》み儀式の実行を促したのは、その判断を下すべき王だった。

「ノトスの助けなどいらぬ。それに防衛だと？　それはお前らの仕事だろう？　それとも何か？　こんな田舎の魔導士の力を借りなければならない程に、お前らは軟弱《なんじゃく》か？」

下らない自尊心。マギアという小さな村に対する侮《あなど》り。そんなどうでもよい感情で、王は伝承に縋《すが》ることを決めたのである。

その自尊心は騎士団にも根付いていたようで、第三団長ディオミスは私を見下すように言った。

「オルコス。君も情けなくなったものだね。君にはプライドというものがないのかい？　こんな田舎の魔導士などいなくとも、守りに問題はないだろう」

それに同調するようなディオミスの配下達の視線。背後にいる私の部下の中からも、同じ視線を感じた。

なんということだ。この者達は、冷静に戦力を、状況を見ることもできないのか？　激しい憤《いきどお》り。それを抱いていたのはマギアの人間も同じだったようだ。

燃え上がるような感情を抑えきれず、騎士団を睨む魔導士達。それを宥《なだ》めるように前に立ち、村一番の魔導士が意見した。

「確かに騎士団の皆様がいれば安心ですが……この村に張り巡らせた結界の管理、補修にはこの村の魔導士の力が不可欠です。私が儀式の役割の半分を負担しますので、手の空いた魔導士に、防衛の任を与えてくださらないでしょうか？」

まだまだ若い娘でしかないはずの、村一番の魔導士マゴの申し出に王は頷いた。

マゴは騎士団の力を認めた上で魔導士の必要性を主張し、さらには村の防衛に対する私の不安を払拭《ふっしょく》しようと、自らにさらなる負担を課し、少しでも多くの魔導士が防衛に当たれるように計らったのだ。

なんということだ。つまらない自尊心、そんなもののために、こんな娘に負担を押し付けることになるなんて。


私は儀式の実行が決まった後、密かにマゴと接触し、頭を下げた。

「すまなかった。マギアの魔導士達に対する数々の無礼。そしてお前一人に重い役割を強《し》いることになってしまって。全て、私の力不足のせいだ」

「オルコス様、やめてください。オルコス様のお気持ち、皆喜んでいましたよ。私達を必要としてくださっていること、光栄に思っております」

マゴは優しく微笑み、儀式の準備に追われるなか、私を家に招き入れてくれた。

「オルコス様のご心配は尤《もっと》もです。確証もない儀式、不安は残ります」

「ならば何故、村長はそんなものを」

「我々魔導士は、先人の言葉を信じるしかないのです。そうして成り立ってきたのが、魔導。それを放棄することは、魔導士の歴史と意志を放棄することと同義。だから私達は信じるしかないのです」

「そんなにも、先人の言葉が、誇りが大事なものなのだろうか？」

自分よりもずっと年下の娘に何を問うているのか。言ってから恥ずかしくなる私に、マゴは淀《よど》みなく答えた。

「人それぞれですよ。私も大事に思っていますが、それでもやっぱり一番優先すべきは、命を守ることだと思っています」

その言葉を聞いて、マゴは少し異質な魔導士なのではと私は思った。恐らく他の魔導士ならば、先人の言葉は絶対と語るのだろう。儀式の成功に欠片《かけら》も疑いを持っていなかった魔導士達を思い出し、私ははっとする。

「もしも私が失敗したら、その時はきっとオルコス様のご意見の正しさを、きっと皆さん理解してくださるはずです。本当なら、それが最善なんですよね」

この子は先人の言葉を大切にしているが、現実を見ている。私は現実を重んじ、誇りという騎士に必要なものを軽視している。

似ているようで似ていない。大きな器のマゴと、分かったふりをしている自分。幼稚《ようち》な自分に腹が立つ。

エクエス様は、どう考えていたのだろうか？

「失敗する？　ありえない。お前は私の知る中で、最も優秀な魔導士なのだから」

「え？　オルコス様？」

「成功すると信じている。くれぐれも無理はするな」

「……はい。ありがとうございます」

マゴは頭を下げて、とても嬉しそうに笑った。

悲観的になり、全てに懐疑心《かいぎしん》を抱いていた私は、この大きな器を持った娘を信じてみることにした。そこから、小さな自分を変えようと決意して。


天を覆い尽くす程の巨大テラス、トルメンタ。

それをたった一撃の雷で葬《ほうむ》り去った天使アキカ。私は天使の伝承が本当であったことを理解し、その力を疑ったことを後悔した。

マゴは成功したのだ。伝承の天使、その召喚に。

私はマゴに歩み寄る。幸いというべきか、王や騎士団の者達は、全員アキカに視線を向けていた。

「マゴ。やったな」

「あ、オルコス様。いえ、私は何も……全てアキカ様が」

「そのアキカを喚び出したのはお前だ。自信を持て。やはり私は間違っていたようだ。伝承は本当だった」

「い、いえオルコス様……そ、そんな……あの」

あたふたとするマゴの表情は、初めて年相応のものに見えた。

アキカにもその力を疑っていたことを謝罪したいところだったが、既にかなり人々に絡《から》まれているので話しかける余裕はない。

結界を破られた時はひやりとしたが、取り敢えずはこれで一安心だろう。

そう思って、気を緩《ゆる》めかけたその時だった。

天より降りてくる巨大なアルマを感じ、私は空を見上げた。

「皆さん！　伏せてください！」

響いたのはアキカの声。その叫び声から数秒遅れて、アキカは新たな魔法を展開していた。

数秒、詠唱時間にしては短い時間。それにより空を覆い尽くすように広がったのは弱々しい水流の盾。

「クロイゼルング！」

その盾は出現したかと思うと、一瞬で赤く染まり始める。

ジュッ！

蒸発。水の盾を楽々と消し去って、小さな炎球が地面を抉るように、ドンッと音を立てて落ちてきた。

「な、何事だ!?」

地面を転がって、王が悲鳴を上げる。

騎士達は王の前に立ち、炎の墜落《ついらく》地点からむくりと立ち上がる影に剣を向けた。

私は、自分の犯していた過《あやま》ちに今更《いまさら》ながら気づいた。

村の結界を切り裂いた一撃。それを私は見ていたはずなのに、気付けなかったのだ。

結界を破壊したのはトルメンタではない。

結界を切り裂いた炎と同じアルマを感じさせるそのテラスは、王と護衛の騎士には目もくれず、じっくりとアキカだけを見つめていた。

赤い髪に金色の瞳、白銀の鎧を身に着けた剣士風の……そう、そのテラスは人型だった。

人型テラス。

それはテラス達の中でも、支配者階級にある者、つまり最上級のテラス。

そのアルマ量は、先程の大型テラスとは比較にならない。小さな器に似合わぬ程に膨大だった。

「トルメンタを一撃で消し炭にするとは、やるじゃないか。お陰で空に投げ出されて、この汚い地面に足を着くことになってしまった」

トルメンタの背中にこのテラスは乗っていたというのか？　そしてあの一撃を察知し、

それを回避し地面に下りてきた。そういうことか。

人型テラスは、剣を構え、それをアキカに向ける。

「俺の名はフロガ。四将が一角『赤熱のフロガ』。俺の名を聞けたことを光栄に思え」

フロガ。そう名乗った赤い髪のテラスは、凄まじいまでのアルマを剣に集めてにやりと笑った。

その剣を向けられたアキカはというと……。

「う……！」

顔をしかめて膝を突いている。何が起こっている？

戸惑う私に状況を理解させたのは、隣にいたマゴ。そして真っ先に動き出したのも彼女だった。

杖を片手に、マゴはフロガとアキカの間に立つ。

「アキカ様！　大丈夫ですか⁉」

「あ……マゴさん、ご免なさい。ペース配分失敗しちゃったみたいで。大きいテラスだったから、ちょっと使う力を大きくしすぎちゃいました……」

「仕方ないです！　それは私のミスです！　咄嗟《とっさ》でアキカ様にヴィヴロスを渡し損ねた私の……」

魔具《ヴィヴロス》。

それを聞いた途端に理解した。

アキカの今置かれている状況を。そしてアキカの能力の凄まじさを。

本来、魔法を扱う場合には杖などの魔具《ヴィヴロス》を用いることが普通である。

それらには、呪文を記憶し魔導士の詠唱時間を短縮、簡略化したり、消費アルマを軽減する仕組みが組み込まれていて、魔導士の魔法使用を大きくサポートしている。

それがなければ、魔法の発動は恐ろしく困難になり、アルマ消費も、魔法が要するそのままの負担を強いられることになる。

つまり、アキカはあれ程の大規模魔法の負担を直接受けているのだ。

魔具《ヴィヴロス》のサポートもなしに、あの魔法を発動させたことはまさに圧巻。

しかし恐らく、アキカは持ちうるアルマの全てを吐き出してしまった状態なのだ。つまり、魔法がもう使えない状態だということ。雷の槍に加えて、水流の盾まで展開したのはそれだけでも奇跡に近い。天使といえども、限界はある。

「やはりな。あれ程の規模の魔法を展開できる者がいるのは信じ難いが、さすがにあれが限界だったようだな」

フロガもとっくに気付いている。いや、だからこそ今、こうして狙いを定めているのだ。

「面白いと言いたいところだが、お前は脅威《きょうい》だ。悪いがここで死んでもらう」

「させない！」

マゴが呪文を詠唱する。アルマの奔流を巻き起こし、強力な風を巻き起こす！

「ブフェーラ！」

強力な風の鎌《かま》。マゴの放った一撃は、並のテラス数十匹を一撃で薙ぎ倒せる程の魔法だった。

しかし、フロガは炎を帯《お》びた剣を軽くひと振り。

たったそれだけだった。

ゴウッ！

風の鎌は一瞬で散り、ただの風へと戻される。

「なんだ、今のそよ風は？」

「そ、そんな……」

ここまで圧倒的なのか！　今までに見てきたテラスとは、桁が違い過ぎる。

「邪魔立てするならお前も殺す。退《の》け」

「させない！　オルコス様！　アキカ様を連れてお逃げください！」

「なっ」

杖を構え、その身体を震わせるマゴ。必死で声を絞り出す。

「敵がアキカ様を恐れているのは事実！　一旦逃げてください！　そうすれば、テラスへの反撃のチャンスが生まれる！」

「しかしお前は……！」

「この命に代えても、希望の光は守り抜きます！」

私よりもずっと若い娘が、震えながら、その命を捧げようとしている。

それを放っておける程、私は冷酷にはなれなかった。

剣を構えて私はマゴの前に躍り出る。そして、燃え盛る剣を片手にした凄まじい威圧感を放つ化け物を前にした。

「オルコス様⁉」

「お前が連れて行け！　魔法を乱用できる程、儀式の疲れは抜けていないのだろう⁉」

「し、しかし」

「私の方が勝率が高いと言っている！　ここは命を投げ出す場所ではないだろう！」

私の言葉にマゴはたじろいだ。

「私を信じろ。全員、生きてここを切り抜ける！」

私は嘘を吐いた。こんな化け物に、私が勝てるはずがない。

「……だったら、私も戦えば、もっと勝率は上がります」

その嘘は見抜かれたのか、それとも本心から来る言葉か。

マゴは私の後ろで杖を構えた。

「馬鹿な、やめろ！」

「勝つ。そうですよね？　それとも私の力は信用なりませんか？」

マゴは私の背中にそっと手を添えた。

「信じてください」

「分かった」

王や騎士達が、アキカに気を取られているフロガの目を盗んで逃げていく。村人も避難していて、取り残されたのはアキカとその兄、そしてそれを守らんとする私とマゴのみ。

なんと情けない。騎士の誇りとやらはどこへ行ったのやら。

私は皮肉たっぷりの笑みを浮かべて、剣を構える。

「お前も邪魔するのか……引く気はないのだな」

「騎士は守る者。逃げてどうする」

逃げた騎士達には届かない言葉を、己に言い聞かせるように呟く。

「駄目、逃げてください二人共！　私なら大丈夫！」

「大丈夫なものか！」

アキカの声を私は撥ね除《の》ける。聞けるものか。女を残して逃げるなど。

「ならばお前ら全員、皆殺しだ」

身体中を刺すような凄まじい殺気！　私は自らの肉体が恐怖で縮み上がるのを感じる。

後ろに立つマゴも同様だったようで、震える息遣いが聞こえてきた。

「う……うおおおおおおおおおおおおおお！」

私は恐怖をかき消すように駆け出す！

アルマを剣に集める。マゴはそれをサポートするように、ゴウッと風を放ち、私の剣に纏《まと》わりつかせる。

私のアルマとマゴのアルマが混じり合い、剣はさらに強大な暴風を帯びた。

「アスファ・リーフ！」

暴風の剣。かつて村の防衛の時、たった一度だけ繰り出した私とマゴの協力魔法剣。その一撃で、燃え盛る炎の如《ごと》きフロガを仕留めんと、私は剣を勢いよく振り抜いた。

「……大した力だ。それは認めよう。だが、温《ぬる》いッ！」

ギインッ！

地面に突き刺さる剣先。フロガの灼熱《しゃくねつ》剣は、私とマゴの剣を、楽々とへし折ったのだ。

「共に灰燼《かいじん》と化せ！」

そして、カウンター。フロガはどうやら私とマゴ、アキカとその兄を、纏めて灼熱剣で焼き尽くすつもりらしい。

「エクリクスィ‼」

フロガの呪文詠唱と共に、剣の炎が凄まじい規模にまで膨れ上がる！

眩い業火。私は死を覚悟した。

「大丈夫。そう、言いましたよね？」

その時、アキカの声が私の耳に飛び込んできた。

それだけだった。

アキカの声以外、呪文の詠唱も、私の肉が焼かれる音も、何も聞こえなかった。

遅れてようやく響いたのは、フロガの掠《かす》れた声。

「あ、ありえ……ない。この、俺が……？」

私の目に飛び込んできたもの。

それは、地面にごとりと落ちる、フロガの首。

フロガはしばらく、首だけで言葉を紡《つむ》いだ。

「あ……が……！」

そして身体が遅れて倒れるのと同時に、絶命《ぜつめい》した。

信じられなかった。

アキカは、魔法も使わずに、あれ程のテラスを討ち倒してしまったのだ。

魔導士マゴ

テラスの襲撃を切り抜けた村は、一転してお祭り騒ぎでした。

村人達は危機を乗り越えたことや、テラスを圧倒する天使様の降臨に沸き、王様や騎士団はテラスから国を取り戻せるかもしれないという希望を見出し、士気を高めていました。

しかし、そんな空気に呑み込まれもせず、当のアキカ様は既に先を見据《す》えていたようです。

「確かに襲撃を乗り切りましたが、その場凌《しの》ぎでしかないですよね？」

そう、結界が破られたことは事実。決して私達の安全が確保されているわけではないのです。

またいつテラスの襲撃があるか分かりません。私達は早急に、その対策を練らねばならなかったのです。

アキカ様のお声を聞きたいと群《むら》がる人々を避けるため、今、私と村長、オルコス様、アキカ様とウスハ、そしてアギオ騎士団第三団長ディオミス様は、地下の魔導書庫にて対策を話し合っておりました。

「その件ですが、結界の修復自体にそう時間は掛かりません。ですが、また今後破られる可能性も否めません。やはりその場凌ぎの対応しか……」

「やはり田舎の魔導士といったところか。役立たずな結界しか張れないとはね。アギオの魔導士さえ生き残っていれば、何も問題はなかったのだが」

「ディオミス。いい加減その態度、見過ごすわけにはいかんぞ？ 貴様とてこの村の魔導士の能力の高さは分かっているだろう？ それさえも分からないのなら、私が唯一お前を認めている部分が間違いだったことになるな」

私のせいで険悪になるオルコス様とディオミス様。どうしようと悩んでいると、割って入るウスハ。

「何喧嘩してるんすか？ 話し合いしてんですよ？」

「何？ アキカはともかく、何の役にも立っていない天使様モドキが、この僕に意見すると？」

「やめろディオミス。非があったのは我々だ」

ディオミス様はプライドの高い方のようで、ウスハに対し威圧的な視線を送りました。しかし全く動じないウスハ。

オルコス様もディオミス様を冷静に宥《なだ》めていらっしゃいましたが、意外というか何というか、一番最初に冷静さを欠いて声を上げたのは、妹のアキカ様だったのです。

「役に立ってない？　貴方の目は節穴《ふしあな》ですか⁉」

アキカ様は激怒しました。

「私達を守ってくださったのは、あのフロガというテラスを倒したのは兄様でしょう⁉あの襲撃において、最も優れた功績を残したのは兄様です！」

私も、オルコス様も、ディオミス様も。そして、当のウスハも唖然《あぜん》としていました。

「な、何を言っているんだいアキカ？　あのテラスを倒したのは君……」

「兄様ですっ！」

「いやいやいやいや！　俺何もしてないから！　何言ってんだ、お前っ⁉　デカイ竜を黒焦《こ》げにしてドヤ顔してたのお前だろうが！　あんな化け物相手に魔法も勉強してない俺が勝てるわけないだろ！」

ウスハが全力で否定しています。

オルコス様も口には出さないものの、怪訝《けげん》な表情でウスハを見つめていました。その反応からしても、ウスハがあのフロガを倒したとはとても思えないのでしょう。

ディオミス様も、アキカ様の物凄い怒りように気が引けたのか、口を噤《つぐ》んでしまいました。

「アキカ殿。少し落ち着いて。今は今後の対策を講《こう》ずるのが先決です。我々も幼稚な言い争いをした非があります。申し訳ありませんでした」

オルコス様の言葉に、アキカ様は少しだけ冷静さを取り戻すと、ふうと一息吐いて、キッとその目を見開きました。

「いいでしょう。皆さんご覧になっていないのでしたら、はっきりと見せて差し上げます。兄様の本当の力を。対策については私に考えがあります」

「何勝手に、人の力を捏造《ねつぞう》しようとしてんだ⁉」

……まだムキになっていたようです。

「アナトリ奪還《だっかん》⁉　それは本気で言っているのかい⁉」

アキカ様の提案した作戦に、私達、そしてウスハも驚きを隠せませんでした。

「本気も本気、本気と書いてマジですよ」

アキカ様はバンッと机を叩き、キリッとした表情でニヤリと笑った。何やら勢いがオカシイです。

「フロガが名乗った『四将』。これは恐らく彼が幹部クラスのテラスであることを示しているのでしょう。事実、フロガは今まで見てきたテラスとは、一線を画《かく》す強さだった。ですよね？」

「あ、ああ。確かに今まで見てきたテラスとは桁違いに強いアルマを感じた」

「ということは、敵も本気で残ったアナトリの人間を潰しに来たんでしょう。いや、正確には捕虜として捕らえて、逆らえば殺す……でしょうか？　まぁ、それは置いておいて」

アキカ様がブツブツ呟《つぶや》きを交えつつ、机をコツコツと叩きます。

「そして今まで、テラスはこの村に張られた結界を破れなかった。ですよね、マゴさん？」

「は、はい。今までにあの結界を破ったテラスはいませんでした」

「だったら、フロガというテラスはどうして早くに結界を破りに来なかったのでしょう？」

オルコス様が、はっとした様子でアキカ様の前に立ちました。

「そうか。フロガは幹部。テラスのリーダーは、それを動かすのを迷っていた。巨大な戦力を自らの手元から離すのは危険だから」

「そう。恐らくその通り。しかし、結界を破ることができないと判断し、仕方なくフロガを送り出した」

アキカ様は、自信に満ちた顔で言葉を繋げます。

「ここから考えられること。それは、敵がフロガを守備の戦力として使いたい状況に置かれているということ。もしかすると、私達の反撃を恐れているのかもしれません。もしくは、敵対勢力が他にもいるか……それで戦力が削《そ》がれることを嫌った」

「敵対勢力？」

「テラスも一枚岩ではないとか、生き残った人間側の対抗勢力がいるとか。これは少し判断材料が足りないので、まだ推測の域を出ませんが」

オルコス様は『人間側の対抗勢力』という言葉にわずかに反応を示しました。私はその理由が何となく分かりました。

恐らくは討たれたとされている最強の戦士、アギオ騎士団第一団長エクエス様を、思い浮かべたのでしょう。

事実あの方のご遺体は見つかっておりません。もしかしたら、今も生きてテラスと戦っているのかもしれない。オルコス様がそう希望を抱くのも当然です。

アキカ様は続けます。

「とにかく、相手にフロガを使う余裕がなかったということは、それ以外に十分な戦力がなかったと考えられます。もしフロガがどうでもいい戦力ならば、もっと早くに攻めればいいだけですしね。恐らくはフロガは敵の切り札。決着をつけるためにそれを切ってきたんでしょう」

「それは少し安直過ぎやしないかい？　確かにここにきて強い駒《こま》を使ってきたのには理由があるかもしれないが……」

「ですね。これはある意味賭けです」

あっさりとディオミス様の言葉を認めるアキカ様。「賭け」という言葉に全員が驚きました。

「私の推測は全てプラス方向に考えてのものです。しかし、もしもこの推測が当たっていたとしたら……これはアナトリ国を取り戻す、最大のチャンスとなります」

アナトリ奪還。確かにそれは理想。

「フロガが敵の切り札であったならば、今の時点で敵は大幅に戦力がダウンしています。敵にリーダーはいるでしょうが、恐らく大した相手ではありません。腕に自信があるのなら、フロガをとっくに送り出しているはず。少なくともフロガ以下だと思っていいでしょう」

アキカ様の推測に、次第にオルコス様が険しい表情を作り始めました。ディオミス様は怪訝《けげん》な表情で話を聞き、ウスハは……普通の顔をしていました。

「その手薄な敵陣を一気に叩く！　反撃の隙を与えぬまま、一気にリーダーテラスを討ち取る！　これでアナトリ奪還です！」

「その作戦は荒いな！」

ようやくウスハ様が発言しました。ただのツッコミでしたが。

「大丈夫ですよ。そこは……兄様がドカンとやってくれますよね？」

「やらねーよ⁉　何滅茶苦茶言ってんの⁉」

「大丈夫です！　途中に下級のテラスが出てきても、そのくらいはちょちょいと私が片付けますので！」

「いやいやいや！　まあ、お前ならできるかもな。っていうか、お前がもう国取り戻せよ！雷ドッカーンで全滅させろよ！」

「それでは兄様の見せ場がないじゃないですか！」

「最初からないよ！」

本当に兄妹仲睦《むつ》まじい……羨《うらや》ましい限りです。

「勿論、この作戦はポジティブな私の勘《かん》で成り立っています。兄様を貶《けな》されて、私が感情的になっていることも認めましょう」

「急に何を……」

オルコス様が戸惑いを見せたのを遮《さえぎ》るように、アキカ様は自信満々と言った表情でとんでもない提案しました。

「この奪還作戦、私と兄様の二人にお任せいただけないでしょうか？」

　唖然、沈黙。

「何を言っている⁉　そんなの不可能だ。許せるはずがないだろう⁉」

「そうだぞ⁉　俺が何でお前と二人で行かなきゃならんのだ⁉」

「私の力、確かにお見せしたと思いますが？　あの時は初めてでしたので調整ミスをしましたが、次はもう大丈夫ですよ」

「しかし！」

「こんな無茶苦茶な作戦に国民の命は捧げられないでしょう？　だからここは私達が。勿論、勝算あっての申し出ですよ？　ちゃんと私と、そして兄様の実力を証明して見せます」

　聞き分けがない様子のアキカ様。

　さすがに私も、二人だけに向かわせるのはどうかと思いました。

　しかし、意外なことにディオミス様は笑いながら賛成しました。

「いいんじゃないか？　確かにアキカの力を見れば、十分敵に対抗できると思うよ」

　オルコス様がその投げやりとも取れる発言に異を唱えようとしますが、ディオミス様はまだ言葉を繋げます。

「だが、敵の雑兵《ぞうひょう》はどれ程いるか分からないんだ。だから、アキカが敵の本陣に辿り着くまで、その護衛を僕に任せてもらえないかな？　雑兵相手に無駄なアルマは割けないだろう？　ゴミ掃除は僕に任せるといい」

「な！」

ディオミス様の申し出に、オルコス様も、アキカ様までも驚きを隠せない様子でした。

「いやぁ、面白い。面白いよ天使様。そうでなくては。僕もいい加減受けに飽き飽きしていたところだ。ここらで少し、奴らに思い知らせるのもいいかもしれない。我らの誇りを折ろうということがどれ程罪深きことなのか、刻《きざ》み込んでやろうじゃないか！」

「いや、誇りとかは……」

「君は兄を誇って戦うのだろう？　その意気やよし！　誇りを守るために戦わずして、どうして騎士と言えようか！」

「それもそうですね！」

「乗っかんな、明華！　勝手に人を持ち上げるなって言ってんだろ！」

ディオミス様がこんなキャラだとは思っていませんでした。

「ディオミス、何を言っている！　村の防衛はどうする気だ！」

「オルコス。君は馬鹿か？　アキカの話を聞いていたのかい？　フロガのように結界を破れる敵は稀《まれ》。それもフロガを討った今、新たな敵が訪れる可能性もほぼない。来るならとっくに来ているはずだ。だろう？」

「しかし！」

「まだ文句があるのなら、僕の第三団は置いていこう。雑魚《ざこ》の掃除など、僕一人で十分だ。君は残る騎士団全員を従えて村を守ればいいじゃないか。信頼の置ける魔導士とやらと共にね」

ディオミス様の棘《とげ》のある口調に、オルコス様はしばし口を結びました。そして、ふうと息を吐き、諦めたように首を振りました。

「……ディオミス。お前の実力は私も認めている。そしてアキカ殿。貴女の実力も、確かに敵を討つのに十分でしょう」

ウスハが一瞬残念そうな顔をしましたが、すぐさまうんうんと頷きました。そういえばオルコス様は、さっきから結構ウスハの存在を忘れている節がありますね。ちょっとかわいそうだと思いました。

「他に、我々に打開策がないのは確か。この奪還作戦、信じてみてもいいかもしれない」

「じゃ、じゃあ……この作戦を？」

「ディオミス。よろしく頼む。アキカ殿を、敵の大将まで導いてくれ。村の防衛は私に任せろ」

「当然。僕を舐《な》めてもらっては困る。一騎当千《いっきとうせん》の騎士の相手は困るけれど、千の騎士を掃《そう》討《とう》するのは得意だと知っているだろう？」

　ディオミス様は、プライドの高い方だとしか思っていませんでした。しかし、自身の力をしっかり把握されているようです。その言葉からも、ディオミス様がアキカ様の護衛に自信を持っていらっしゃることが理解できました。

「敵の本陣は首都アギオの中心にあるアナトリ城。そこまでの案内はディオミスがする。十分な準備を怠らぬよう。アキカ殿はまだ十分にアルマも回復していまい」

「はい！　少しだけ休んですぐにでも！　フロガを失ったことを敵が知り、警戒する前に行けるのがベストですね。そうだ、休んでいる間に……マゴさん！　魔具《ヴィヴロス》のこと、教えてもらえますか？」

「あ、はい！　仕立て屋は村にもいますので、できる限り上質な素材のものを用意させていただきます！」

　こうして、テラス襲撃の夜は明けました。

　綿密な作戦、そして十分な準備。アナトリ奪還に向けて、作戦は着々と動き始めました。

　伝承の天使様の、新たなる伝説が幕を開けようとしています。

「オルコス様。どうして、あんな危険な仕事を認めたのですか？」

「信じてみようと思ったのだ。少しくらいは、な」

オルコス様のお言葉に、私は頷きました。

きっと、絶対に大丈夫。アキカ様なら、必ずやってくださる。私は村を全力で守りましょう。オルコス様と共に。

其々《それぞれ》の想いを胸に、作戦実行の日は訪れました。

そして、私達は驚愕させられることになるのです。うっかり忘れかけていた、普通の天使様ウスハによって。

アギオ騎士団第三団長ディオミス

天使アキカ。

伝承の儀式によって天使を喚び出すと最初に聞いたとき、僕は正直あてになるものかと思っていた。天使とは大層な呼び名だが、本当にそれ程のものなのか？　そんな疑問を振り払えずに、僕は儀式を眺めていた。

王は相当な期待を寄せていたようだ。だから僕もそれに従ったまで。

別に成功しようがしまいが構わない。どうせここで朽《く》ち果てるのだから。そんな投げやりな気持ちで僕は全てを諦めていた。

僕の望みはせめて戦場で倒れること。それが騎士の誇りであり、僕の美学。この意志さえ貫き通せれば格好もついただろう。

しかし僕はアキカを目の前にして、美しい、そう思ってしまった。彼女が本当に天の使いなのだと、そう信じてしまった。その力を目の当たりにするまでもなく。

なんて悔しく情けないことか。僕の意志は簡単に揺らいでしまったのだ。

そしてその力を目の当たりにして、僕は下らなくも眩い幻想に期待を抱いてしまった。

アナトリ奪還。

圧倒的な力を持つ、美しき天使。その降臨に僕は可能性を見出した。

そもそも僕は腕に自信がある。

しかし、誰にも負けない、そう言い切る程の自信はない。

僕が得意とするのは集団戦。ゴミクズのような雑兵を一掃する、低威力広範囲の掃討魔法が持ち味だと自負している。

だから僕は、小技で揺るがない強力な敵を相手にできる自信はない。それは例えばオルコス。そして、エクエス。さらにはエクエスを圧倒したあのテラス。

僕は強い。しかしそれは弱者に対してのみ。だが、僕は自分の力を恥じたことなどない。

何故ならこの世は弱者と強者の二つで出来ている。弱者をねじ伏せる僕は、恥じることなき強者。

まぁ、自慢話はやめておこう。結局僕は、強者には勝てない。

だからこそ、僕は諦めていた。あのテラスが敵にいる限り勝ち目はない。エクエスでさえ歯が立たない相手だ。

オルコスは勿論、僕など論外。あの村の魔導士でも無理だろう。それこそ情けなく他国に助けを求めるというオルコスの案でも用いない限り。

しかし、光は見えた。天使という光が。

アキカなら、確実にあのテラスを打ち負かせる。

ただ、僕は隠し事をしている。

エクエスの敗北を目の当たりにした唯一の存在でありながら、相手のことは黙っていたのだ。

アキカの推測は間違っていたわけだ。

敵陣のリーダーは、確実にフロガというテラスを超えている。

しかし、それを告げたらオルコスの奴が黙っていまい。アキカは煽《あお》れば乗っかるだろうが、オルコスの頑固さは厄介だ。今回の奪還作戦に賛成しただけでも意外なのだ。

僕は騙《だま》した。しかし、これは勝利のため。

償い？　そんなものをするつもりはない。しかし、もしもそれが責められるべきことなのだとしたら――。

アキカを無傷であのテラスまで導く。それをもって、僕の誠意としようではないか。


僕達は捕らえ躾《しつ》けた馬型テラスを操り、遂に敵陣、首都アギオを目の前にしていた。道中は荒地ということもあり、獣型のテラスくらいしか徘徊《はいかい》していなかった。

「さて、ここからは本番だ。チェックメイトまで一気に進むよ。アキカ。君は休んでいるといい。僕が道を開こう」

「いや、いいです」

……アキカはどうやら僕のことを嫌っているらしい。

まぁ、僕は他人とのコミュニケーションの時に感情をオブラートに包まないタイプだから、嫌われることは多いし気にしないのが大概《たいがい》だったが……一目惚《ぼ》れした天使様にここまで嫌われるのは、なかなかに傷付く。

アキカが僕の同行に口を挟まなかったのは、恐らくはオルコスの賛同を得るためだろう。

つまりは僕を利用したのだ。

その強《したた》かさも美しいのだけどね。

アキカは相も変わらずぷいっとした様子で、僕の顔すら見てくれない。

「兄様だけで事足りますから！」

「だから俺に何を望むというんだ⁉　ってか、無理矢理馬に乗せやがって！　俺は戦えんぞ⁉　なのになんで敵陣まで連れてきてくれてんだ！」

うるさい。どう考えてもお荷物だろうと、僕はアキカの兄を名乗る微妙な天使を睨んだ。この反応、冗談抜きのものだと思うが、なぜかアキカは頑《かたく》なにこいつを擁護《ようご》する。この男に、力などあるはずもない。

まぁ、口に出せばアキカに睨まれてしまうので言いはしないが。

「兄様だけで問題ないのは確かですけど、それでも一匹一匹を相手にするのは面倒ですから。下級テラスの処理は私がやります」

「ぼ、僕は？」

「貴方は兄様の凄い活躍の目撃者です」

「……アハハ。面白いね、それ」

嫌われすぎている。あれか。兄を馬鹿にしたのがいけなかったか。

今更自分の素直さが憎たらしくなってきたよ、僕。

ただ、それでも譲《ゆず》れない部分はあるわけで。

「だけど、雑魚の処理は僕にも手伝わせて欲しい。そうしないと、オルコスにこっ酷《ぴど》く叱られるからね。僕も君達も」

「……むぅ」

「それに残念だけど、拒まれても僕はやらせてもらうよ」

僕は懐《ふところ》からナイフを取り出す。僕の魔具《ヴィヴロス》『タウゼントフューサー』、それに刻み込んだメモリーを呼び出し、短縮された呪文を数秒で唱える。

「シエンピエス」

ナイフを一振り。

伸びるのは放射状に広がる『百の手』。鋭く尖った針の如きその手で、周囲を取り囲むように潜《ひそ》む雑魚テラスの胸を貫く。

隠れたつもりだろうが、僕の前では無意味。百足らずといったところか。まぁ、そうと踏んでこの魔法を選んだわけだが。

「何をしたんですか？」

「いや、何でもない。早速、首都に入ろう」

アキカもさすがに戦争には慣れていないのだろう。周囲に潜む敵には気付いていなかったようだ。だから静かに、音も立てない暗殺向きの魔法で軽く悟《さと》られずに仕留めたのだ。

まぁ、ここで言うのも野暮《やぼ》というもの。僕は取り敢えず、入口で待ち構えていた敵を倒したことは話さない。

「敵を軽く殲滅《せんめつ》しておいて、何を言ってるんですか」

「……見えてた？」

「はい。少しは参考になりました。必要最低限まで細めた針のような一撃で、敵の急所を的確に打ち抜く。アルマを極限まで絞り込んだ低コスト広範囲攻撃、私には真似できない緻密《ちみつ》さでした。熟練の技、といったところですか」

「はは……さすがは天使様」

思わず漏《も》れる苦笑。格好つけさせてくれよ、そこは。

「さて、ここからは歩いて行こうか」

「敵の本拠地で馬に乗りながら戦う自信はありませんしね」

「嘘つけ！　馬に乗りながら通りすがりに化け物を黒焦げにしてきただろうが！」

アキカはひらりと馬から飛び下り、その指に輝く指輪をかざす様《よう》に、ぶんぶんと腕を振り回す。

彼女の魔具《ヴィヴロス》はどうやら指輪タイプのようだ。赤い石を装飾とした指輪、その赤い石は確か『エマ』と呼ばれる希少《きしょう》な素材。

かなり高性能な魔具《ヴィヴロス》の媒体《ばいたい》だったと思う。魔具《ヴィヴロス》方面にはどうにも疎《うと》いので曖昧《あいまい》な記憶だが。

「さぁ、行きましょう兄様！　今から兄様の伝説を築くのです！」

「築かねーよ⁉」

「……ハハ、仲のよい兄弟だ。でもそろそろ前を見たほうがいいかな？」

アキカのこれは、ブラコンという奴かな？　まあ、いいか。

首都の入口からかなりの数の人型テラスが駆けてくる。鎧を身に着け武器を握り……おお、随分とやる気満々のようだ。

「駆け抜けよう。僕に続いて」

「いいえ、ここは私が！」

「止まるだけ時間の無駄さ。いいから走って僕に続いて。お兄さんも、付いてこないと置いていくよ？」

「はぁ⁉　敵地で⁉　ちっくしょう、分かったよ！」

僕は先陣を切って駆け出す。アキカもどうやら勢いに押されて付いて来てくれたようだ。

そして、文句ばかりの兄様もさすがのこの状況、付いて来ざるを得ないだろう。

「ここは通さん！　者共、引っ捕らえよ！」

「おやおや。どうやら敵さんは、僕達を舐めているようだ。捕らえる？　それは強い奴にしかできないよ！」

向かって来る兵士達を前に、血が沸く感覚。

そう、これだ。これだ！　タウゼントフューサーを向けると、兵士達は鼻で笑った。そうだね。確かにこの魔具《ヴィヴロス》はしょぼいナイフにしか見えないさ。

そうやって油断した雑兵の顔が、絶望に染まる瞬間が快感だよ！

銀色の刀身を軽く舐める。それは魔具《ヴィヴロス》のシステム切り替えの合図。その一動作により先程までのアルマ増幅機能から、より精密なコントロールを可能にするアルマ制御機能へ切り替わる。

さっきの『百の手』程度の魔法、しかもアルマ増幅機能の組み合わせのおかげで、僕の残存アルマ量は九十九パーセント以上、消費は一パーセントにも満たなかった。

今度は少し消費を増やして、一騎当千の力を見せてやろうじゃないか！

呪文詠唱の短縮手続きは各モードに搭載済み。この部分こそが僕の本領。

兵士達との接触までの数秒。勿論、『シエンピエス』の展開より時間は掛かるが、それでもわずかな時間。

兵士達とすれ違うタイミングで、僕の十八番《おはこ》は発動する。

身体から吹き出す細い触手のようなアルマの針に、自身の手足の様に意識を通わせる。

「タウゼント」

それは僕の『千手』。変幻自在《へんげんじざい》の千の腕だ。

僕のアルマコントロールは、騎士団の誰をも凌ぐ。

すれ違いざまに兵士の鎧を縫《ぬ》うように隙間から一刺し、二刺し、三刺し。

ガシャガシャと崩れ落ちる雑兵共。それには目もくれずに駆け抜ける。

一匹たりとも逃さない。駆け抜ける道に現れるテラスは全部殺す、殺す、殺す！　家屋の屋根から狙う者も、隠れる様に佇《たたず》む者も、全て、全て、全て！

千の腕は敵を貫く。そして千の腕は敵を探る。意識を通わせた細腕は、全長約二メートル。それを手当り次第に伸ばし、その触覚で敵を探知、貫く。

「なんてコントロール……」

「どうだい？　少しは見直してくれたかな？」

軽口を叩きながら、王城へ向かう通路を駆ける。敵兵をちぎっては投げ、ちぎっては投げの一人舞台。

さぁて、そろそろフィナーレだ！

見えてきた城門。それが目に入り、思わずにやりと笑みが溢れる。

城門を塞《ふさ》ぐ十人程の敵、それを最後の気晴らしと言わんばかりにそれぞれ贅沢《ぜいたく》に百本ずつの腕で貫いた。

「さぁ、僕は火力不足なんでね。突入のフィナーレは頼むよ、アキカ！」

「……予定と大分違います。力が有り余ってますッ！」

後ろから駆けて来たアキカは、指輪をはめた手を前にかざす。そして、ありえないスピードの、まるで早口言葉のような詠唱。

僕とほぼ同じ詠唱時間。しかし彼女が唱え終えたのは、僕の二倍近い長さの呪文だった。

「イムプルスス！」

ダッシュの勢いそのままに、アキカが城門に手を当てる。

ズドン！

同時に轟く強烈な爆音。地面をも揺らすその衝撃は、閉ざされた城門を楽々と弾き飛ばした。

大した火力だ。これは僕には真似できないな。

吹き飛んだ城門に巻き込まれて、内部に潜んでいたテラスも吹き飛んだようで、入口までの道は一気に開かれた。

そのまま僕とアキカは城に駆け込む。

千手はまだ解いていない。今までの勢いのまま、城の内部のテラスを一掃。長い階段を駆け上がった先には、懐《なつ》かしき王の間の扉。

その扉が見える直前に、既に城のマップをマギアで暗記してきたアキカは詠唱を終えていた。そのまま掌をかざし、強烈な炎を膨れ上がらせる！

「メテオリティス！」

放たれたのは巨大な炎の弾丸。決して大きくはないそれは、王の間の扉を直撃……いや、貫通した。どろりと溶けて、大穴を開けた扉。

ジュウウウウウッ！

扉を突き抜けた炎の弾丸は、その奥に潜む何者かに受け止められた。

扉をドロドロに溶かした超高熱な炎、それを掌で受け止めたあのテラスは、玉座に威風《いふう》堂々《どうどう》と腰を掛け、僕達の来訪を迎えた。

「マイクテステス、本日は晴天ナリー。おホン。ヨウコソ、愚《おろ》かなるテッラの民。熱いプレゼントに感謝。センクス」

「あれが親玉？　随分と奇妙な姿ですね。生き物ですか？」

アキカが驚くのも無理はない。そのテラスは、明らかに異形の存在だった。

球体のような白い体。それを囲うような黄色いリング。独立したように浮遊する手足。頭はなかった。

生き物らしい要素のまるでないそのテラスは、どこから出しているかも分からない声を、王の間に響かせる。

「ワタシはエストォォォォォレリャ。この地のマスター。テッラの民よ、お前らまさかフロガを倒して？」

「不味《まず》かった？　あいつを倒しちゃ？」

アキカが挑発するように、奇形テラス、エストレリャを睨みつける。すると、エストレリャは、パンパンと浮遊する二つの掌を叩き合わせて、声を響かせた。

「ブラボーブラボー。貴重な戦力、持ってかれマシタね。不味い。不味い。非常に不味い。おかげでここまで楽々突破されマシタしね」

不味い、そう言いつつも声のトーンに変化は見られない。僕には分かっていた。

こいつは余裕だ。今、アキカの強烈な炎をその掌に受けても、なお。

相変わらずの不気味さ、僕は思わず身震いした。

「バット。だがしかし。幸いなことに、とても嬉しい残念なオシラセがアリマス。アーアー、マイクテス」

直感した。それでも遅かった。

「ワタシ、フロガより、ズット強いカラ」

魔法ではない単純な物理攻撃。奴の手が分離し、空を走るように飛来する！

拳を握り、殴ろうとする対象はアキカ。呪文の詠唱の暇さえ与えない高速の拳には、僕が割って入る間もない。今はまだ魔法以外の戦闘術を覚えていないアキカに、容赦《ようしゃ》ない鉄拳が突き刺さろうとしていた。

「アキカ！」

「大丈夫」

目の前に迫る拳。それでもアキカは動じずに、余裕に満ちた、期待に満ちた笑顔を浮かべていた。

「だって兄様ですもの」

スッ……。

その時だった。

コンマ一秒。ほんのわずかな時間を縫うように、アキカの前にひとつの影が立ち塞がった。

その影に、エストレリャの拳が突き刺さる——。

「……!?」

はずだった。しかし、拳は予想外の動きを見せる。

パカッ。

小気味のいい音と共に、影に接触した拳は真っ二つに割れた。

「ノ、ノオオオオオオ！　ワタシの手がッ！　手ガガガガガガッ！」

そして二つに分かれた拳は、そのまま後方の壁に突き刺さった。

「そう、兄様ですもの。このステージの主役は……ね♪」

アキカがパチンとウィンクする。

エストレリャとアキカ、その間に割って入ったその影。

「お兄さん？」

アキカの兄、ウスハだった。

何故、あそこにあいつが立っている？

何故、エストレリャの攻撃は防がれた？

疑問しか浮かばないこの状況で、アキカは恍惚《こうこつ》とした笑顔を浮かべて、前に立つ兄のウスハの背中に寄り添った。

「兄様。やっぱりこんな世界でも、兄様は一番です！」

今のエストレリャの攻撃を、ウスハが防いだとでもいうのか？　アルマの動きは全く見られなかったというのに？　馬鹿な。何かの間違いだ。そう思いたくとも、ウスハが割り込み、エストレリャの拳が割れたのは事実。

ただただ混乱している僕に、アキカはすっと歩み寄って来た。

「どうですか？　見ましたか？」

「え？」

「しっかり見ていてくださいよ。貴方には、きちんと兄様の勇姿を語ってもらわなきゃいけないんですから」

見えてない？　いや、何かが本当に起こっていたのか？　そしてやはり、アレはウスハがやってのけたのか？

戸惑う僕に、アキカはふうと溜め息を零《こぼ》して、失望交じりのじとっとした目で睨んだ。

うん、その目も素敵だ。だから挫けないっ！

「貴方もですか……大丈夫です。今回は相手がいいですから、見えますよ」

失望は、どうやら僕だけに向けられたものではなかったようだ。それは彼女の兄を理解できない全員に向けられたもの。

まぁ、僕にぐらいしかあからさまに態度に出したりはしないのだろうけど。

僕が相当嫌われてることが改めて分かったことは置いておいて。アレが、あのエストレリャがいい相手?

僕にはとてもそうは思えない。

確かに僕はアキカならば勝てると思っている。いや、アキカしか勝てない。

奇妙な形状のテラス、エストレリャはそれ程に強大。見るだけで膨大なアルマ量、フロガを大きく上回る恐ろしい力が感じられる。

「アー、アー。マイクテステス。邪魔者登場。しかもアルマがカラッキシ。ワッツハプン?トリック分析、トリック分析、オーケー理解。取り敢えず、ぶっ殺せば万事オーケー」

気味の悪い奴だ。エストレリャは、その拳を真っ二つに割られながらも余裕の様子だ。

そう、アレは些細《ささい》なダメージにもなっていなかった。

割れたはずの奴の手は、ふわりと主人の元に戻ると、何事もなかったかのように割れ目同士を合わせて接合される。

あっという間に修復を終えて、エストレリャは新たな敵、ウスハにその掌を向けた。

「テス、テス、マァァァァイクテス。オーケー。ナマムギナマモメナマママゴ……アカパジャマアゴパッ……オーケー、舌は回ってマス」

それはあの時に見た予備動作と全く同じだった。

僕とエクエスと対峙した奴は、その予備動作の後に、本当の力を見せつけてきた。

圧倒的な力にエクエスはたった一人で立ち向かい、僕は促されるままに、撤退を余儀なくされたわけだ。

「アキカ、早く奴を倒すべきだ！　このままではウスハが危ない！」

「大丈夫。だって兄様ですもの」

「大丈夫なものか！　奴はまだ本気じゃない、大きいのがくるぞ！」

「見ていれば分かります」

アキカは僕の話に全く耳を貸さず、エストレリャに攻撃を仕掛けない。

僕の焦りも虚《むな》しく、エストレリャはそのおぞましい姿を露《あら》わにした。

「テス、テス、マァァァァイク、テス。準備オーケー、レディ、ファイア」

グパァッ。

その球体状の体から、四つの口が開く。白い歯を並べ、白い唇をぱくぱくと動かしながら、口は声を揃えて準備運動を終える。

「～～～～～～～～」

「ーーーーーーーー」

「＊＊＊＊＊＊」

「＋＋＋＋＋＋＋」

四つの口が同時に動く。それは、人間には到底不可能なテラスの超越的技術『四重詠唱』。

一つの魔法より二つの魔法が強いに決まっている。二つの魔法より三つの魔法が強いに決まっている。

四つの魔法の同時発動がどれ程強力かは、言うまでもない。

しかも単純計算では終わらない。魔法は相性により相互に作用する。

四つの魔法を同時に操れるということは、その相性により、威力を四倍以上引き出せるということだ。

「スタブロス・トゥ・ノトゥ」

ウスハを囲うように、四つの色違いの光の球が出現する。赤、青、緑、黄。色鮮やかな光の球は、まるでウスハを睨むように、その照準《しょうじゅん》を合わせた。

ギュオンッ！

一秒にも満たない照準、そして射撃。四つの光は、強烈なアルマを秘めたレーザーをウスハに向けて放つ。

四色の高密度アルマの十字架、あれをくらっては一溜まりもない！

僕は動けなかった。それは僕の能力の低さのせいでもあり、凄まじい衝撃を訪れさせた信じ難《がた》い速さのせいでもあった。

そう。その攻撃は紛れもなく僕や騎士団の人間では、対抗できない最高クラスの魔法だったのだ。

だからこそ、ウスハは『大きく』動いた。

フッと、ウスハは身体の周りを一周させるようにその両手を振った。自身の身体も回転させながら、足を軸《じく》として、まるでコマのように。

ジュッ‼

まるで小さな炎に水をかけたかのようにわずかな音だけを立てて、エストレリャの超上級魔法『スタブロス・トゥ・ノトゥ』は、呆気《あっけ》なく消し去られた。

ウスハの手刀、そこから放たれた目に見えぬ鎌風《かまかぜ》によって。

「ワッツハプン⁉　アルマ反応ナシ⁉　ワーニン！　ワーニン！　アレはアルマでナシ⁉　ワーニン！　ワーニン！　ヘルプミー！」

エストレリャは明らかに動揺している。先程の手を割られた時とは、比べ物にならない焦り。

それもそのはず。ウスハはアルマを用いず魔法を使役することなく、ただの手刀で、あれ程の最上級魔法を無効化したのだ。

僕も驚きを隠せない、なんてレベルじゃなかった。開いた口が塞がらないどころか、顎《あご》が地面に付くかと思うくらいに顎が外れてあんぐり状態……すまない。僕も自分で何を言っているのか分からないんだ。

それくらいに、僕は驚愕した。

「殺せ！　殺せ！　奴を殺せ！」

エストレリャの必死の叫び。

それに反応し、王の間の奥から駆けて来るのは三体のテラス。

それぞれがフロガと同等、もしくはそれ以上のアルマ量だ！

「我ら四将！」

四将、奴らがフロガと同等クラスのテラスであることは明らかだった。エストレリャ陣営には、まだまだフロガ級の強兵が残っていたのだ。

「エストレリャ様のゲーム、それによって生かされていたテッラの愚民風情《ぐみんふぜい》が……」

「フロガを討った程度で図に乗るな！」

「もうお遊びはおしまいだ」

「我らの総力をもって抹殺《まっさつ》する！」

奴は遊んでいた。それだけだったのだ。

じわじわと僕達を追い込み、そして、最小限の駒で刈り取る。

それに生かされていただけ。その事実に僕は絶望した。

あれ程のテラスが三体。いや、エストレリャも含めて四体。こんな相手に、いくらアキカでも、奇妙な力を見せたウスハといえど、勝てるとは思えない。

……と、僕がネガティブなオーラに染まる前にそれは起こった。

「な……」

「に……」

「を……」

四将を名乗る三体のテラスは、何時の間にか動いていたウスハに、すれ違いざまに首を刎ねられていた。

ウネウネとまるで地を這う蛇のように身体をくねらせ、まるで蝶のように空中を舞うウスハ。首なんてガクンガクン揺らしながら、まるで子供に振り回される人形のように踊る。

正直怖い。あれ、人間の動きじゃないよ！

しかもなんでさっきから無言!?

「ああ、素晴らしいです兄様。やはり兄様は、この世界ならば最高に輝けます！」

「ア、アキカ！　あ、あれは一体何なんだい!?」

恍惚とした表情を浮かべて、頬に手を当てながら赤い顔をふるふると振るアキカにドン引きしながらも、僕は尋ねた。

ウスハは無言のまま、空中にぶん投げられたマリオネットみたいに規則性もヘッタクレもない滅茶苦茶な動きをしながら、エストレリャに迫っている。

「あれは『暗中無心拳』。兄様含めて、この世でたった二人しか使えない、最強で最凶で最狂の……」

やたら溜めるなアキカ！　早く言ってくれ！

「暗殺拳です！」

「あ、暗殺拳……？」

可愛らしく、「えへっ♪」とウインクしながらとんでもないことを言ったアキカに、僕は唖然とするほかなかった。

杏樹明華

エストレリャ、それは確かに強い相手でした。

トルメンタとフロガ二体のテラスを相手にして、この世界ではあらゆる生物の力量が体格には依《よ》らずに、アルマという魔力的要素で測れることを学びました。そして今、私はこの奇妙なテラスの実力をまじまじと感じることができました。

まぁ、私がトルメンタに使った『ケラヴノス』。あれを二発くらい当てれば十分倒せるレベルでしょう。

マゴさんに用意してもらったこの魔具《ヴィヴロス》『アルティメット・アキカ・ゴールデン・スペシャル（仮）二』があれば、『ケラヴノス』の五、六発は軽くいけます。

当初は手こずったかもしれませんが、今となっては普通に倒せる相手ですね。

しかし、この力量。兄様の動きを一般人用に可視化《かしか》するにはギリギリ丁度よいぐらいです。私は思わず、でれっとした情けない笑みを浮かべてしまいました。

元々あのフロガというテラスの雰囲気からして、自分より弱い相手には従わないだろうなぁ～とは思っていました。それに四将なんて、いかにもRPGの四天王みたいなポジションを名乗っていたので、少なくとも同等以上の相手が三人はいると踏んでいたのですが。

大方予想通りです！

あえて派手に王の間に乗り込み、自らの力を誇示《こじ》しました。

それでエストレリャが私に警戒してくれたのは儲《もう》けものです。

愚かなことに……いいえ、ありがたいことにエストレリャは私達に思い切り『殺意』をぶつけてくれたのです。

もう、これでゲームオーバー。

だって、兄様のスイッチが入ってしまったんですもの。

背後から感じる兄様の気配。もう既に、オン状態です。

そして、エストレリャの一撃を開幕の合図として、兄様は私の前に舞い降りたのです！

『暗中無心拳』。それは兄様と師匠の山田さんのみが使える、最強にして最悪の暗殺拳。

兄様は小さい頃から才能を見出されて、山田さんの稽古《けいこ》を受けていました。でも、兄様はそれを『山田さんが自分で考えた、オリジナルのお遊び拳法』程度にしか捉えていないようです。

しかし本人の思い込みとは無関係に、この暗殺拳は容赦なく起動するのです。

暗中無心拳の真髄《しんずい》は文字通り、暗闇の中で、無心で振るうことにあります。

それは暗殺、つまり殺しに長《た》けた拳法において、最適の性質。

暗中無心拳、その第一段階を体得したものは、敵を見ない。

殺す対象を、まるで視界に入ってすらいないかのように、まるで見ようとしないのです。

対象が死んだとしても、決して。

ならばどうやって相手を認識するのか、答えはそのスイッチにも関わっています。

つまり、己に向けられた殺意、敵意に反応する。

殺意を向けてきた相手を無意識下で敵と認識し、その敵を意識外に追いやります。そして、そのまま殺意の糸を手繰《たぐ》るように、相手をただただ追尾《ついび》し無意識の内にその拳を振るうのです。

その機動力と攻撃力は、敵の殺意が色濃ければ色濃い程に、鋭く、素早く、圧倒的に膨れ上がります。殺す気満々の相手には容赦はしません。某《ぼう》スナイパーさんみたいに、背後に近付く者はドカンです……まぁ、悪意さえなければ手出しはされませんが。

最大の利点は、罪悪感を感じないこと。

冷酷になりきれない、そんな時は誰にでもあります。しかし、この暗中無心拳の体得者は罪の意識など感じない。

ただ無心で拳を振るうのです。

これが暗中無心拳、第一段階『無心』の境地。

そして次に第二段階、『暗中』の境地。

殺意を、より強力に感知する能力です。

これにより、体得者は殺意を完全に感じ取ることができます。微かな悪意すらも正確に把握し、その濃度までも見極める。

暗闇であっても、目が見えなくとも、その殺意を辿《たど》る拳には全て無関係。

さらに、相手の嘘に騙されない。

相手の殺気、悪意に敏感なその性質は、相手の攻撃の狙いすら見切ります。故にフェイクは通じず、騙し討ちも無駄。

完全に危険を捌《さば》き、危険を討つ。無駄なき機械の如き拳なのです。

そして、『暗中』のもう一つの極意。それはこの上なく暗殺向きな、兄様の最大の才能。

一見しても一般人と何ら変わりない、兄様の容姿と性質。兄様が普通なのではありません。これぞ『暗中』の極《きわ》み。兄様は暗中に潜んでいるのです！

普遍的な存在を装い、周囲の目を浴びない影の存在に身を落とす。そして気取られず、速やかに職務を全うする。

これぞ暗殺。全ては周囲の視線を完璧に欺《あざむ》く隠れ蓑《みの》なのです。

実際、兄様はその場にいながらにして、この世界の人々の話題からさらりと離れていたりしました。異世界から来たという特殊なステータスが付きながらも、楽々と人々の意識から離れることに成功しているのです！

ノーマーク状態の兄様。おかげでフロガの首を刎《は》ねた時、誰にも気付かれませんでした。

これは暗中無心拳の極意に兄様が限りなく近いことの証明でもあります。ただ、兄様の強さを世に知らしめたい私としては、歯がゆくて堪《たま》りませんでした。

殺意や悪意に対してのみ牙を向く、暗闇に潜む正義の暗殺者。そんな格好よくて、圧倒的な強さを誇る素晴らしい存在が、私の最高の兄様、杏樹薄葉なのです！

とまぁ、ここまで兄様の素晴らしさを熱弁させていただきましたが、まだまだこれでは兄様の魅力を語り切れていません。まぁ、本来なら小一時間では足りない程の話題なので、決着がそう遠くない今は控えさせていただきます！

はぁ、兄様のことになると私、胸が熱くなって歯止めが利かなくなっちゃいます。直さないと、兄様に嫌われちゃう……と、ネガティブにはなりませんよ！

兄様はまだまだ完璧に暗中無心拳を習得したわけではありません。その制御まではマスターしていないのです。日常生活で殺らなきゃ殺られる程の殺意を浴びることはないので支障はないのですが、そのせいで兄様は『無心』、つまり自身の能力に気付いていません。

そのため、兄様は私に変な劣等感を抱いているようです。本当は兄様の方が凄いのに。

だから私は、兄様が理解できなくとも、嫌味と受け取っても、一途《いちず》に兄様の凄さを語り続けるのです。兄様にいつか理解していただける日を信じて。たとえ嫌われても、私は兄様の理解者になりたいのです。

これは自己満足かも知れません。でも、私は兄様を慕うしか、その愛を示す方法を知らないから……。

私は、エストレリャの拳を手刀一閃《しゅとういっせん》で切断した兄様の背中を見ながら、愛の詰《つ》まった胸の痛みをぎゅっと抑えつけます。

ああ、また私を守ってくれた。

……と、勝手な妄想。

本当は、兄様は自分が攻撃の射線に入ったから反応したのであって、私が狙われたから動いたわけじゃないんですけどね。

わざと殺意の射線に入って、兄様を私の前に立たせて、その騎士《ナイト》姿を妄想する。それだけでご飯三杯はいけます……じゅるり。

おっと、はしたない。気を付けなければ。

それはさて置き、解説し忘れておりましたが、兄様の暗中無心拳の最大の極意は、『暗中』や『無心』といった、そんな小細工《こざいく》じみたことではありません。

その極意は『強さ』。

相手に気取られない程の速度を誇り、遠距離の相手でも巻き起こす鎌風により仕留める恐るべき手刀。戦車隊ですら一撃で纏《まと》めて両断する脚。相手の反応すら許さない速度。

あくまで人知れず殺すことに特化した結果、この拳法は、圧倒的に殺すものへと変貌《へんぼう》していたのです。

それこそ、私の雷やエストレリヤの超高レベル魔法など、腕を振り回すだけでかき消せる程に、その技は圧倒的なのです。

攻撃を軽く無効化し、視線をぼーっと他所に向けたまま、動き出す兄様。ああ、なんて格好イイ動き！

そして四将（笑）が飛び出して来ても、その手刀『暗黒魔神刀（私命名）』で、悟られることなく首を刎ねます。

それを見た時のエストレリヤの絶望に満ちた悲鳴が、全てを物語っていました。

「ストップ！　ストップ！　アイムソーリー！　許してクダサイ！」

エストレリャの命乞《ご》い。しかし兄様は止まりません。

殺意、隠しきれてませんね。素直に命乞いすれば、兄様も止まるのに。

構わず突撃する兄様に、命乞いが無駄だと判断したのか、エストレリャは絶叫し愚かにもその拳で反撃に移ろうとしました。

「チックショオオオオオオオオ！　愚民風情がァァァァァァ！」

兄様は足を縦に振り下ろしながら、地面にストンと着地します。

それは触れずとも敵を割く、兄様の最強の一撃。

死神の鎌『デスシックル（私命名）』！

その踵落《かかと》としは、強烈な鎌風を発生させ離れたエストレリャの体に線を入れます。

「グ、ギガ……！　コノワタシガ、敗れると……イウノカッ⁉」

一刀両断。一撃必殺。

明後日の方向を向く兄様を前にして、エストレリャは綺麗に二つに分かれて、崩れ落ちました。

そして、兄様はその死体には目もくれず振り向き、私とディオミスさんに言うのです。

「お前足早いよッ！　俺だけあんなヤバイところに置いていくつもりかッ⁉」

ディオミスさんは唖然とし、その伝説の始まりをしっかりとその双眼《そうがん》に刻み込んだようでした。

よしっと私はガッツポーズ。

アナトリ国奪還、その偉業をもって、兄様の存在は認められるのです！　この世界こそ、兄様が輝く世界。こうして、兄様の伝説は始まりました！

杏樹薄葉

何故か俺は昔を思い出していた。

小学三年生の頃だったか、公園で明華と一緒にサッカーボールを蹴《け》っていた俺に、あの人は声を掛けてきた。

「君、拳法に興味はないかな？」

「ん？　おじさん誰？」

「日本国憲法なら全部覚えましたよ？」

「いや……そっちの憲法じゃなくて。こうアチョーアチョーする方の拳法だよ……って、君小さいのに凄いな」

正直、明華とのリフティング勝負中、明華はまだあと数十分は終わらないいんじゃないかと思い始めていた俺。

十回で早々にリタイアした俺に対し、既に五百回近く続け、未だにポンポンとボールを弾ませている明華を取り敢えず置いておいて、おじさんの話を聞くことにした。

明華も話を聞く余裕があるようだったが、どうやらおじさんは俺に用事があったらしい。

「お嬢ちゃんじゃなくて、お兄さんの君。君はおじさんの『暗中無心拳』を受け継ぐ気はないかな?」

「なにそれ?」

「北斗〇拳みたいなものさ」

「すげぇ!」

「え〜! お兄ちゃんだけずるい! 私もやりたい!」

おじさんは少し困った顔をして、明華に言った。

「ごめんね。残念だけど……これは君のお兄ちゃんにしかできないんだよ」

俺しかできない。それは何をやっても明華に負けっぱなしだった当時の俺からしたら、とても甘い響きだった。

勉強では勿論、駆けっこやゲームでも負けっぱなし。相撲《すもう》でも投げ飛ばされていた俺としては、そろそろ兄の威厳を見せたかったということもあった。

「やる!」

「そうかい。じゃあ、早速うちの道場に来てくれるかな?」

「うん!」

「私も行くー！」

危険な子供達である。全く知らないおじさんに、こうもあっさり付いて行くとは。

実は以前も明華とセットで誘拐されかけたことがあった。その時は、誘拐犯の腕を捻《ひね》り上げて拘束し、言葉責めで泣かせた明華のおかげで事なきを得た。反面、俺にはそういったものに対する危機感がなかった。それで、軽い気持ちでおじさんについて行ったのである。

数ヶ月の修行を施《ほどこ》された後、「暗中無心拳の歴史はどんなものですか？」という明華の問いに、一見近所の冴えないおじさんにしか見えない師匠山田太郎《たろう》が、「僕が作ったんだよ」と答えたのを聞いて、絶望したのは最悪の思い出だ。

そう。俺は小学生時代の輝かしく楽しいはずの時間の多くを、近所のおっさんの「僕が考えた最強の拳法」の習得に、うっかり費やしてしまったのだ。

当時の俺は、それが中二病であることを理解していた。

しかし俺は修行によって、多少山田さんに恐縮してしまう癖《くせ》が付いてしまったようで、あろうことか高校三年になった今も、道場という名の山田さん宅に通いつめているという悪循環……っていうか、やたらと明華が行きたがるから続けざるを得ないというのもある。

俺の腕力では、あいつの力技の連行に対抗できない。

あいつはいつも楽しそうに俺の修行風景を眺めていた。やめろ。見ないでくれ。いや、

る。

マジで。

奇妙な構えを取りながら、アホみたいなポーズで踊っていた姿を思い出すと吐き気がする。

山田さん曰《いわ》く、「暗中無心拳の基礎動作だ」だとさ。あんなタコみたいな気持ち悪い動き、実戦で使えるわけがないだろう！

まぁ今では、手刀や蹴り、精神統一だったりと、そこまで恥ずかしいことをさせられていないので妥協しているが。

それでも、ヘナチョコフニャフニャ初心者拳法の動きが実戦的でないのは確実である。

何から何まで変なおっさんだった。そして変な拳法だった。

「なんで俺にしかできないの？」

そう尋ねた俺に、山田さんは答えた。

「地味だからさ」

当時小学三年生だった俺の子供心にも、それは重く響いた。加えて、俺の名前を聞いたときに山田さんが言った言葉も、今なお残る大きな傷跡になっている。

「薄葉か……いい名前だ。影が薄そうで」

知ってたよ！　影が薄そうな名前だって知ってたよ！

そもそもなんだよ薄葉って！　薄い葉っぱって、妹の明華に比べて酷すぎるだろうよ。明るい華VS薄い葉っぱ。親の悪意しか感じないよ！

……って、俺はなんでこんな普通な俺の、唯一普通じゃない黒歴史の回想をしているのか？

そう言えば、俺は今、猛獣いっぱいの危険地帯に俺を放置して先に行った、明華とディオミスとかいう騎士を追いかけて走っているところで……。

その時、ちょうど二人の姿が視界に飛び込み、俺は考えることをやめた。

そして今、俺はよく分からない状況に置かれている。

馬型の化け物テラスに乗って村の近くまで帰って来た俺達は、馬から下りて村の入り口に差し掛かっていた。

そう、ここまではいい。どうやら二人は敵のボスを倒したらしく、残った雑魚テラスも逃げていったらしい。ＯＫ、明華ならやれるのは分かっている。

だが、何故俺は今、両腕を明華とディオミス、それぞれに抱えられているのだろうか？

明華がべったりくっついてくるのはよくあることだ。本来はお断りだが。

問題は俺の左腕にしがみついているキザっぽい騎士、ディオミスだ。

「ディオミスさん……兄様を放してもらえません？」

「その頼みは聞けないな、アキカ。君が僕に見向きもしてくれないのなら、僕はウスハをもらうからさ！」

「兄様は渡しません！　それに男同士でベタベタしないでください、気持ち悪い！」

引っ張るな、明華……いやいやいやいや。そこじゃない。

なんだこのディオミスって騎士。なんで俺にこんなにべったりくっついてくるんだ。俺は変な趣味はないぞ？　いや、女が俺に見向きされるとも思ってないけどね。

「男同士？　関係ないさ！　僕は強い者なら構わない！」

構うよ!?　何、この人男色家!?　やめて！　なんで俺に!?　強い者って明華じゃあるまいし！

両手に華……いや、華じゃないか。変なの二つを抱えて、俺は何もしていないのに、まるでリーダーであるかのように凱旋《がいせん》した。

迎えに出て来た村人達が、王様が、騎士団の皆様方が、奇妙な目で見てきたことは言うまでもあるまい。

「今帰ったよ！　アギオに巣食うテラスは討ち滅ぼした！　この我らが天使、ウスハがね！」

「ちょ!?」

ディオミスさん、あんた何を言ってるんだ!?　嘘吐《つ》くな！

「そう！　この兄様が！」

明華まで乗っかるな！　もしかしてディオミス、こいつ、明華菌に感染したのか!?　きょとんとしている歓迎の人集《だか》り。それも当然。そう、俺があんな化け物を倒したなんて、信じられるわけが……。

「うおおおおおおおおおおおおおおおおおおおお！」

響きわたる歓声！「ウスハ様！　ウスハ様！」とかいう声も聞こえる。

お前ら全員、どんだけ素直なんだよッ！

沸き上がる人の群れにそうツッコミを入れたかった。しかしそれができないくらい、俺は普通にビビリなのである。

村はもうお祭り騒ぎだった。

俺も何故か勝手に天使に祭り上げられて、滅茶苦茶人波に揉まれた。

もうね、辛いわけですよ。身の丈《たけ》に合わない称号を背負わされるのは。去年、明華の「兄様こそこの高校最強ですよ」発言により、古臭い不良に囲まれた時と同じくらい、泣きたい状態だ。その時は勿論逃げたさ。無我夢中でな！

そんな俺を助けてくれたのは、騎士団団長のオルコスさん。

オルコスさんの機転で俺と明華は何とか群集から逃れ、落ち着いたマゴの家に招かれたのだった。

「いやぁ災難だった。これも全てあんたと明華の……いや、明華菌のせいだ！」

「アキカキン？　何ですかそれは、兄様」

「何でもないよ！　言い直させるな！」

「まぁまぁ、そう興奮しないでくれよウスハ！　僕らの仲じゃないか！」

「知らないよ！　あんた一体何なんだよ！　俺のことバカにしてたくせに！」

ディオミスの態度がやたら馴れ馴れしい。気色悪い。対抗するように明華も絡みついてくる。うん。この男よりかは幾分かマシだ。ハァハァさえしてなければ、な。

「ウスハ、凄いですよ！　アキカ様が仰っていた通りだったんですね！」

机にコップを並べながら目を輝かせるマゴ。

「だから何故マゴまで信じる⁉　一目見ただけで分かるだろ！　俺は何も……」

「疑いようがないさ。あのディオミスが認めているのだからな」

反論する俺に、向かいの席に座るオルコスさんが、その理由を語ってくれた。

「ディオミスは本当に強いと認めた奴しか評価しない。それこそ、圧倒的に強い奴にしか、な。無駄にプライドの高いこいつのことは、今村にいる人間のほとんどが知っているだろう」

「そうだよウスハ。君は実に素晴らしい！　この僕に認められたこと、光栄に思うといいよ！　どうだい？　僕とペアを組まないか？　知らしめてやろうじゃないか。僕達の素晴らしさを！」

「駄目です！　兄様とペアを組むのは私！　離れてください、この変態騎士！」

「アキカ、それは焼きもちかい？」

「ころ……怪我させますわよ？　おほほほほ」

「ご、ごめんなさい」

ディオミス、何余計なことを言ってくれてんだ！　お前が言ったから皆が信じたってか！　お前まで明華みたいなこと言いやがるから、俺が凄く気まずい思いをすることになるんだろうが！

まさか、明華に脅されて⁉　あ、あり得る！

よく知らないが、よい子な振りして裏で何やってるか分からないこいつならあり得る！

「ははは。ディオミスがここまで惚れ込むとは。ウスハ殿、私はどうやら貴方の評価を誤っていたようだ」

「フン。全くオルコス。君って奴は本当に情けないいね。ウスハの力も見抜けないとは。いやぁ素晴らしかったよ、あの最後の一撃。あのエストレリャを真っ二つにしたあの攻撃、鳥肌が立ったね！」

「何最初から知ってたみたいに言ってるんですか！　貴方が一番馬鹿にしてたのに！」

だから勝手に話を進めるなって！　エストレリャって誰だよ！　滅茶苦茶言いにくいなその名前！

はぁ、もう疲れた。なんだか妙に今日は怠《だる》いんだよなぁ。慣れない環境にいるからか？　それとも、この二人にしがみつかれているからか？

「悪い。ちょっと放してくれ。もう疲れた」

「あ、ごめんなさい兄様」

「そりゃ疲れるだろうね。あれだけの大活躍だったんだし」

「だから、してねーっての！」

窓から覗く外の景色はとっくに闇に落ちていた。道理で眠いわけだ。

こっちに来てからは、勉強をしなくていいから、ちゃっかり普段以上に寝ていることは秘密だ。

「悪い。ちょっと宿に戻っていいか？」

俺は先に、この世界に来てから借りていた宿に戻らせてもらうことにする。

「そうですね。早くお休みになったほうがいいかもしれません」

「そうだね、ウスハ。ゆっくり休むといい。君は今日、素晴らしい働きをしたのだから」

「してねーよ！　あれか？　俺に暗示を掛けるつもりか⁉　……もういいや。じゃ、お先に失礼しますよっと」

俺はもう反論するのにも疲れて、マゴの家を出る。

その時、たった一つだけ、俺は気に掛かることがあった。

腕から振りほどいた明華は、思っていたよりもすぐに俺を解放した。

あいつにしては、やけにあっさりしてるな……。

そう思いつつ、「お休みなさい」と言う明華に「お休み」と一言返し、扉を閉めた。

杏樹明華

兄様もさすがにあれ程動いたのは久しぶりだったので、相当に疲れたようでした。

少しムキになって、兄様に無理させてしまったかなと、今になって後悔する私。でも、よかった。皆、兄様を認めてくれた。これで少しは、兄様の変な劣等感が和らいでくれたらいいのにな。

そしてここからは、普段は『普通』でしかいられない兄様の代わりに、私が踏ん張るところです。

「アキカ様はお休みにならないでよろしいのですか？」

「アキカも早く休んだほうがいい。明日から、少し面倒なことになりそうだからね」

気遣うマゴさんの言葉に、ふぅと溜め息を吐《つ》きながら、遠くを見ているディオミスさん。

私は既に、大体その「面倒なこと」の内容も分かっていました。

そして、一応の疑問をマゴさんに投げかけます。

「マゴさん。伝承の天使、っていうのは……元の世界に帰ったんですか？」

「……！」

マゴさんの表情が明らかに変化しました。大方予想通りです。

マゴさんの目に涙が溜まり、深々と頭を下げられてしまいました。

「申し訳ありませんっ！」

「マゴ……まさか」

オルコスさんが目を見開き、マゴさんを見つめます。

そう、召喚された天使が元いた世界に帰ったという話は、伝承のどこにも出てきていない。そもそも、こんなただでさえ信じ難い異世界への道に、都合よく往復切符があるものでしょうか。そう、現実はそんなに甘くはないのです。

難解な儀式、それにより喚び出された私達が簡単に帰れる？　まさか。

それと同等の儀式と代償なくして、帰りの切符が買えるわけがありません。

「いいんですよマゴさん。元々、分かっていましたから」

「申し訳ありません！　私達の勝手で、アキカ様とウスハを喚び出して！」

「二人は元の世界に帰れないのか⁉」

「オルコス。今更だよ。それに儀式の問題も勿論だけど、他にも問題は山積みじゃないか」

ディオミスさんは、先程までの兄様にデレデレだった状態から立ち直り、冷めた目でオルコスさんを睨みました。

「あの王が、ウスハとアキカをみすみす見逃すとでも思っているのかい？　恐らくは従者にしたいとウスハを欲しがるだろう。それとあの目を見る限り、アキカは妻として迎え入れるつもりじゃないかな？」

そう。ディオミスさんの言う通り。

私達は必要とされて喚び出された。それが、これで用済みですよと解放されるはずもない。なんか下衆《げす》みたいな目で王様に見られていた時から気付いていました。あれは純粋な好意の目ではなくて、独占欲に満ちた私の大嫌いな目。私は幸いながらそういったものを見慣れていたので、すぐに分かりました。

「ま、僕としてはアキカやウスハと一緒に剣を振るえるのなら、それに越したことはないけどね。だが、僕とて誇りを持った騎士。君達の思うところは理解しているつもりだよ。やっぱり、仕える相手は選びたいよね」

ディオミスさんは、何だかんだで察しのよい方でした。

力を冷静に見極め、自分がどう動くべきかを判断し、認めるものは認める。少しプライドが高くて譲れない部分も多そうですが、それでもちゃんと物を見ている方でした。

「……明日朝早く、ここを出るつもりかい？」

「な！」

「あなたに見透かされると、少しシャクですね」

「え？　え？　ア、アキカ様……？　それは本当ですか？」

せっかくこれから話そうというのに。兄様のことだってそうですが、本当に嫌な人です、ディオミスさんは。

「元の世界に帰るヒント。もしかしたらこの世界中を回ったら、見つかるかも知れません」

それは希望的観測にしか過ぎません。もしかしたら向こうに帰る方法なんて、見つからないかもしれません。

しかし、可能性はゼロではない。なぜなら天使の伝承は、アナトリだけではなくこの世界全てに関わる物語として語られているのだから。

そして伝承がこうして真実だったのだから、他の地域でも語り継がれていないとは言いきれないでしょう。もしかしたらその中に、天使のその後が語られているものがあるかもしれません。

また、ここに留まり続けるのはすなわち縛られてしまうということ。それこそ完全に、元の世界に帰ることを諦めるのと同義です。

ならばアナトリを離れ、希望に縋《すが》るのが一番の道。私は少なくともそう考えました。

まぁ、勿論目的はそれだけではありません。加えて言えば。

「それに、兄様の力を世界中に知らしめてやらねばなりませんしね！」

そう。この世界ならば、兄様の力は最大限に発揮される。兄様が、最高に輝くことができる。

それも私達を頼ってくれた、この村の、国の、世界の人達の安寧《あんねい》のために。

「ちょっと、テラスを纏《まと》めて倒して来ちゃいますね！」

私は頼られることは嫌いじゃない。むしろ好き。

この世界の人々は、私を、兄様を頼ってくれた。それだけで、私は最初からこの世界の人々を助けたいと思っていた。

傲慢《ごうまん》かもしれない。世界を救う救世主？　私はそこまでできる人間じゃない。

でも、頑張りたい。尽くしたい。

それに、いつだって私の騎士になってくれる兄様がいるんですもの。できないことなんて、何もない。

「大丈夫です。マゴさん、これを」

私は、今までテラスを観察してきて見出した方法で、エストレリャの亡骸《なきがら》を用いて作り上げた一つの実験成果をマゴさんに手渡しました。

「これは……？」

「命名『対テラス用結界石アキカスペシャル一号』。テラス特有のアルマを弾き出す特殊結界、そして呪文超短縮機能を組み込んだ私のオリジナルの魔具《ヴィヴロス》です。この国を覆い尽くす規模で展開できるように調整してありますので、これを持って私の教える呪文を唱えれば、テラスにまず侵入されない強固な結界が作れるはずです」

「そ、そんなものを作ったのですか⁉」

エストレリャの体から見つけ出した不思議な石。それには潤沢《じゅんたく》なアルマ量と、情報入力領域があったのです。私はこっそり持ち帰り、帰り道で中身を確認し、テラスのアルマ形式を参考にしながら、彼らのアルマだけを弾き出す結界を考案しました。

これを使えば、テラスのアルマ形式を持つ者は、決して中には入れないでしょう。

結界の防御対象範囲を限定することでアルマの節約を行い、巨大結界の展開をサポート。さらに、その優秀なアルマ貯蓄量と呪文記憶容量により、アルマ消費を軽減化、そして呪文の簡略化を成し遂げました。

これも、マゴさんに紹介していただいた魔具《ヴィヴロス》仕立て屋さんの卓越《たくえつ》した技術を、実際に見せていただいていたおかげでしょう。

まぁエストレリャの入力があった素材があったからこそ、テラス対策情報を組み込めたのであって、二度同じものが作れるとは思えませんが。

「これでアナトリは私達がいなくても、二度とテラスに侵されることはないでしょう」

「凄い……触っただけで分かります。とても高度で、強力な魔具《ヴィヴロス》」

「結界しか張れませんから大したものじゃないですよ」

「そんなことないです！　凄い、凄いです！」

マゴさんの惜しみない賞賛。不慣れなことで、その道のプロに褒められると、なかなかにこそばゆいものです。ちょっと熱くなった頬を押さえて、私は気持ちを落ち着けました。

「私は、勝手にアキカ様を喚び出したのに、ここまでしていただいて……私、私！」

「大丈夫。大丈夫ですよ。私はそんなこと、全く気にしてないですから」

泣き崩れるマゴさんの背中を、私はそっと撫でました。

そう、大丈夫。私は大丈夫。それをずっと自分に言い聞かせるように、私は今まで生きてきました。

そして、これからもずっと。

「……ま、これである程度は心配ないでしょう。でも、万が一その結界を破るテラスが現れないとも限らないので、もう一つ」

最後に私は心残りのないように、もう一つの魔具《ヴィヴロス》をマゴさんに手渡しました。

「命名『信号弾』。私のアルマを込めておきました。これはごく簡単な呪文で発動できます。効力は超広範囲に込めてあるアルマをただ放出するだけです。もしものことがあったら、この魔具《ヴィヴロス》を使ってください。放出されるアルマを私が知覚できることは確認済みなので、それを受け取ったらどこにいても急いで駆けつけますから」

「……そこまで」

「遠慮はなしですよ。私の好意、撥ね除けられると少し悲しいな」

「い、いえ！　そんなつもりは……」

「じゃ、受け取ってください」

私は押し付けるように、マゴさんの手にそのガラス玉のような魔具《ヴィヴロス》を握らせ、それっきりこの話を終わりにすることにしました。変に感謝されるのも苦手なので。

「じゃ、あとはコレ。呪文を書いたメモです。絶対になくさないでくださいね？　それじゃ、私は明日早いので休ませていただきます」

これでこの村も、この国も大丈夫でしょう。私は安心して、宿に戻ろうとしました。

「残念だけど、後に渡した方の魔具《ヴィヴロス》は必要ないね」

それはディオミスさんの言葉。

「何故なら、あのエストレリャがいなければ、僕達騎士団だけでこの国は守れるからだ。だから余計な心配なんてしないでいいよ」

「……変態のくせに、戯言《ざれごと》を」

気が利くんだか、感じが悪いだけなんだか。私は改めて安心して、その場を後にしました。

杏樹薄葉

早朝、というか、まだ外も暗い中、俺は突然叩き起こされた。

「う〜〜。もうちょっと寝かせて……って、明華⁉」

「しーっ！　兄様お静かに。早く出ますよ」

「は？　出る？　お前、何を言って……ってか下りろ！」

明華はきちっと身支度を整えそこにいた。何故か俺の上に乗って。

「さぁ、いざ行かん！　テラス殲滅の旅へ！」

「お前何言ってんだ⁉　ってか、お前はどうして俺の部屋に……」

「鍵をこじ開けて入ったんですよ。昨日の晩からいましたけど？」

「寝てる俺に何をした⁉」

「やですわ兄様。オホホのホ。向こうにいた時に、いつもしていたことくらいしかしてませんわ」

「そうか。ならよかっ……よかないっ！」

元いた世界での衝撃の事実。夜な夜なこいつは俺の部屋で何かをしていたようだ。

もうやだ、この妹。とりあえず逃げなければ。

「とにかくっ、そんなことはどうでもいいですから！　早く！　準備は私が終えてますのでそのままでいいですからっ！」

「どうでもいい⁉　いや、やめろ引っ張るな！　まだ話が呑み込め……分かった、分かったから足を引っ張るな！　立って歩かせろ！」

ベッドから下りると、俺の足を持って布団から引っ張り出し、そのまま引きずる明華。

痛い、痛い！　必死でもがく俺。

しかし、抵抗虚しく連行されていく。こいつに力で勝てる気がしない。

「なんだよ旅って！　帰らないのかよ！」

「実は元の世界に帰るには、テラスの親玉を倒さなきゃいけないんですよ（棒）」

「嘘つけ！　お前、何を企んでやがる⁉」

「さぁ、兄様！　兄様の伝説を、この世界に刻み込むのです！」

「それが目的か！　お前は宣教師か！」

ヤバい。もう学校とかは今更だし正直どうでもいいけど、こいつに付き合わされたら俺の身が持たん！

だが、この馬鹿力には逆らえない。結局いつも、ミスターノーマルな俺はミスパーフェクトに勝てないのである。

こっそりと宿の出口を開けて、明華は俺を引きずりながら、外に出る。

「……あ」

そこで明華の足は止まった。そして、俺の足をぱっと放す。

ようやく解放された俺は、寝巻き姿のまま起き上がり、明華の前に立つ人間の姿を確認した。

それは、魔導士マゴ。そして、騎士オルコスとディオミス。

「黙って出ていこうなどとは人が悪い。見送りくらいはさせてもらえないか？」

「あはは。まさか、待ち伏せされるとは思いませんでした」

明華が珍しく苦笑する。オルコスさんはそんな明華に一つ小包を手渡した。

「隣国への入国には通行料が掛かる。そして、身分を証明するものも必要だ。これは少しばかりのお礼と、仮の身分証明書だ。こちらで身分は保証しておくので、問題なく通れるはずだ」

「ありゃりゃ。失念していました。ありがとうございます」

「どうせ強引に突破するつもりだったんだろう？」

「失敬な、この変態」

「おお、相変わらずの風当たりの強さだ。全く、君の妹は怖いねウスハ」

「兄様に触るなっ！」

ディオミスをがるると威嚇《いかく》する明華。まぁ、今回ばかりは助かったので明華に感謝である。俺、この人苦手だしな。

「アキカ様。頼りない情報だとは思いますが……お耳に入れたいことが」

ディオミスを押さえつけるオルコスさんを余所《よそ》に、マゴは明華に歩み寄った。

「国境に近いマギアの村には、隣国ノトス出身の方も多く訪れます。そこで聞いた話で、少し気になるものがあったんです」

「ノトスの？」

明華が首を傾げる。

「この世界では、実はアキカ様やウスハのような黒髪黒眼の人間は珍しいんです。そして、その珍しい特徴を持った人間が、ノトスにもいると……」

「まさか……」

マゴが頷く。俺でもその話の流れは理解できた。

「伝承が真実だった、そう分かった今なら考えられます。もしかしたら、その方も『伝承の天使』なのかも知れません。首都にいるというその方は、どうやら腕利きの剣士のようです。ノトスの平穏が守られているのはその方のお陰だそうです」

「私もノトスには何やら秘密の切り札があると聞いていたが……それが天使だというのなら頷ける。アキカやウスハのような天使を、ノトスは既に召喚していたというわけか」

オルコスさんの言葉に、俺は関係ないでしょうが！　そう言おうかとも思ったが黙っておく。

今の空気を読めるくらいに、俺は普通だからな。

「あくまで噂です。お役に立つ情報かは分かりませんが」

「いいえ。ありがとうございますマゴさん！　事実、ノトスは平和なんですよね？　だったらありえない話ではありません。そして、そこには天使の伝承もあるはず」

俺はいまいち明華の目的は分からなかったが、一応俺達と同じ境遇にある人間がいることくらいは理解できた。

「こんなことしかできませんが……本当に感謝しています。ありがとうございます！」

「いいですって。ね？」

何度も頭を下げるマゴに、明華は優しく微笑む。

……ま、根は優しいんだよな、明華も。俺のことが絡まなければ。

確かに天使のようなその笑顔に、少しだけ俺が見入っていると、マゴは俺に近寄って来た。そして手を握り、俺の顔を見つめる。

「ウスハ、お気を付けて。大変でしょうけど。でも、ウスハなら大丈夫です！　だって、ウスハはとっても優しい天使様なんですから！」

「いやいや！　俺は何もできないって！　それにやめろ、その期待の目！　俺の妹じゃあるまいし！」

「ウスハ、君がテラスを滅ぼす日を期待しているよ。できれば身近でその勇姿を見たかったけど。ま、仕方ないね」

「やめろ！　期待すんな！」

「ウスハ殿……ご武運を」

「あああああああ、もう！　全員何なんだよ！　そんなに期待の目で俺を見るな！

俺は凡夫《ぼんぷ》と言っておろうに！」

「またまた～」

「明華ぁ！　お前のせいでっ」

「えへ♪　アナトリの兄様信仰は完璧ですね。次はノトスです！」

「お前は俺を神にでもするつもりか⁉」

アキカは俺の腕をぐいと引っ張る。

「では行きますね！」

「あ、だったら国の外まで見送りを……」

「あ、ここで大丈夫です」

ぐいっと俺の身体が持ち上がる。え、ちょ、明華さん？　なんで俺はお姫様抱っこをされてるんでしょうか？　そして、ぼそぼそと何を呟いて？

「フリューゲル」

ファサ。

その呪文が終わった時、明華の背中には、白く光り輝く翼が現れた。

「そ、その翼」

「美しい……」

「アキカ殿、それは！」

驚き唖然とする三人を前に、明華は笑って舌をちろっと出してみせた。

「ちょっと魔導書を参考に、自作しちゃいました♪　これでノトスまで、ひとっ飛びです！」

「え？　明華？　いま飛ぶって……」

「それでは皆さん、ご機嫌よう！」

「って、ぎゃあああああああああああああああ！」

バサッ。

明華の翼がはためくと、俺を抱えた明華の身体が勢いよく宙に舞う。俺はそのぞわっとする感覚に、悲鳴を上げた。

やっぱり、天使はこっちじゃねぇか！

呆然と虚空《こくう》に視線を漂わせていると三つの人影が次第に小さくなっていく。

鳥肌ものの景色を見下ろし、俺はもう意識が飛ぶかと思った。

「それでは兄様参りましょう！　伝説の向こう側へ！」

「一人で行けよ、もう！」

こうして、普通な俺と、天使な妹明華の、異世界テッラの旅は始まったのである。

杏樹明華

ノトスという国は、私達が喚び出されたアナトリと比べると、かなり国土の広い国です。

また、小さな集落ばかりのアナトリと比べて大きな街も多く、平たく言えば、発展の度合いが違うということでしょう。

気候面でも、乾燥したアナトリと違い湿原や水地が目立つのが特徴です。

私達が真っ先に目指したのは、首都パラディソス。そこに辿り着くには、野生テラス（テラスは集団を形成して行動するもののほかに、個々に活動するものもいるそうです）の溜まり場となっているエマ湿原など、様々な関門を越えていかないといけません。

途中にそれなりの規模の街はあるそうですが、やはり道が厳しいものであることには変わりはないでしょう。

そこで、私が考案した魔法『フリューゲル』の出番です！

この魔法の原理は、簡単に言うと魔法による浮遊と移動という事象を、『翼』といった扱いやすいイメージで制御するもの。

細かい理論は色々とありますが、要は普通に翼を生やしたわけです。それを操作する筋力も、魔法で補えるので、人間である私でも飛行ができるのです。

これでまずはエマ湿原をすっ飛ばしてしまいました。ついでに、人を襲っているテラスに、ちょろっと落雷攻撃したり。助けた人は、唖然とした様子で私と兄様を見上げていましたね。あの顔はちょっと面白かったです。

魔法。憧れますよねやっぱり。実際使えるとこうも楽しいなんて！　ただ、子供っぽくはしゃぐのだけは我慢します。

「兄様。そろそろエマ湿原を越えます。確か小さな村があるはずなので、そこで休憩しても構いませんか？」

「ん？　いや、お前のペースで構わないけど。やっぱり疲れるのか？」

「え？　に、兄様？　そんな、私のことを心配して？」

「まぁな。無理はするなよ」

素直に心配されて、ちょっと嬉しいです。

「いえ。体力的には問題ないんですが……まだまだ道のりは長いので、少しペース配分を考えて」

「そうか。俺はお前の好きにしてもらって構わない。俺は抱かれてるだけだしな」

す、好きにして？　じゃ、じゃああんなことやこんなことも……じゅるり。

「好きにしてってのは、休憩のタイミングのことな？」

ええ。分かってますとも。ちょっとした冗談です。夢くらい見させてくれてもいいじゃないですか。

「あ、見えてきました。ひとまずちょっと離れた所で下りますね。近くで下りたら騒ぎになりそうなので」

私は羽を休めるために、村からある程度距離のある湿原の一角に、一旦着地しました。

通行料や身分証明が必要となるのはまだまだ先らしく、この辺りは辺境の地のようです。

地図を見ただけじゃ分からないこともあります。さすがに各地の情勢などを知らせる資料は、マギア滞在中には見つかりませんでしたから。

その村、アラク村は、ひどく寂しい静かな村でした。

「あんたらどこから来たんだい？　まさかエマ湿原を越えて？」

「はい」

「そりゃたまげた。大したもんだねぇ。たった二人であの魔境を抜けちまうなんて。凄い魔導士さんなのかね？」

「そんなわけあるまいて。アルクダやら他のテラスに出会わなかっただけじゃろ」

「アルクダ？」

村に入ってすぐに、おばあさんとおじいさんに声をかけられました。アルクダ、という名前に首を傾げると、おばあさんは説明してくださいました。

「アルクダってぇのは熊みたいなテラスのことさね。私らの倍近い大きさの凶暴なテラスさ。知性が低いからまだいいけども、その力は相当なものでね。出会ったら最後とまで言われるテラスだよ」

熊みたいなテラス？

「お前が最初に黒焦げにしたやつじゃないか？」

「あ、あの馬車を襲っていた奴ですかね？」

「黒焦げ？　まさか、あんたら、本当にアルクダを倒したのかい⁉」

「証拠はないですけど。多分、もう消し炭ですし」

ほおお、と驚いた様子を見せたおばあさんとおじいさん。

まぁ、信じてはもらえないでしょう、と思いきや。

「そりゃたまげたなぁ！　大したもんじゃて」

「ありがとうございますじゃ。わしらもずっと、首都に駆除《くじょ》依頼を出しておったんですが、いつまで待っても返事がこず、怯えながら毎日を暮らしておったんです！」

「これはお礼をせんと！　ささ、どうぞこちらへ。お疲れでしょう！」

信じちゃいました。

「この世界の人間は皆素直かっ！」

兄様のツッコミに、初めて私は頷けた気がしました。

私と兄様はおじいさん達の案内で、村の中へと招かれます。小さな村で、大したものもなさそうですが、休む場所と多少口にできるものがあればアルマの回復は十分そう。まぁ、念には念を、その程度の気持ちで休憩を申し出たので、あまり休めずとも大丈夫ではありましたが。

「ささ、どうぞ」

招かれたのは、少し古びた木造建築。扉を開けっ放しにしたその中に、私達は引っ張り込まれました。

そこで、出されたのはおにぎりとお茶。随分と和風。

「大したものもございませんが……どうぞごゆっくり」

「ありがとうございます。いただきます」

「いただきます」

正直びっくりしました。これでも結構豪華なのでは、そう思ったのです。

村は酷く寂《さび》れていました。勝手な偏見《へんけん》ですが、そう余裕がある村ではないだろうと感じられたのです。

物語に出てきそうな、こんな小さな村は大体そういう事情を抱えているのでは……という思い込みです。勝手なイメージですね。

しかしよくよく見れば、おじいさんもおばあさんも随分と健康的でした。やせ細っているとかそういうことはなく。

「意外に豊かな村なんですかね……?」

おにぎりをほおばりながら、ふむ、と呟くと、隣で兄様が不思議そうな顔をしていました。兄様の言葉を借りるなら、そういったことに興味を抱かないあたりが、兄様は普通なのでしょう。

「美味しいですね」

「だな」

向こうにいた頃と変わらないおにぎりを味わいながら、私はふと気になりました。

例えば農業にも魔法の技術は活かされているのでしょうか。決して環境がよいとは言えないこの辺りの気候や地質にもかかわらず、こんなに立派なおにぎりを、恩人とはいえ他人に出せる余裕はどうして生まれるのでしょう。

私はこの村の事情をもっと知りたくなりました。すぐに何かに釣られてしまうのは悪い癖かもしれません。少し反省。

でも、改めたりはしないのですが。

「ご馳走様でした」

探究心に任せて、私は村のことを調べようかと考えていました。

しかし、その答えは意外なまでにすぐに見つかったのです。

「いかがでした？」

「美味しかったです」

「それはよかった。今はとても作物の出来がいいんですよ。これも、グゼ様が村にお越しになってくださったおかげですじゃ」

「グゼ様？」

その名前に首を傾げた私に、おじいさんは開いた戸の先の畑を指差し、教えてくれました。

「あの方ですじゃ」

そこにいたのは、白く長い髪をした、この村の質素なイメージとは掛け離れた白い法衣のようなものを纏《まと》った、とても綺麗な女性。

おじいさんの呼び掛けに気づくと、その女性は緑色の瞳を向け、柔らかく微笑みました。

間近で見ると、彼女の美貌はもの凄かったです。

綺麗な光沢を持つ白い髪をさらりと流し、おっとりとした印象を与える垂れた目、髪には負けるものの、瑞々《みずみず》しい白い肌。可愛らしい淡い桃色の唇、目鼻立ちは整っており、全身からお淑《しと》やかな雰囲気を漂わせる上品な人でした。

「初めまして。私、グゼと申します」

「初めまして。私は明華と申します」

「は、は、初めまして。明華の兄の……う、薄葉ですっ！」

兄様が緊張している⁉

そんな、まさか！　なんで頬を赤くしているんですか⁉　まさか兄様、グゼさんに……

確かにグゼさんはビックリするくらいに綺麗だけど、でもそんな！　私の勘違いで、大丈夫ですよね？

「グ、グゼさん……き、き、きききき綺麗でしゅねっ！」

「え？　……あ、ありがとうございます」

兄様ァッ！

そんな……他の女性に兄様が取られちゃう！

グゼさんも綺麗と言われて頬を赤くしてるし……可愛いですけど！　それに兄様、テンパリすぎです！　噛んでます！　いや！　そんな兄様っ！　あれですか、おとなしい感じの、ふんわりした子が好みですか⁉　悔しいっ！

それは私が初めて抱いた気持ちでした。

「……グゼさんは、一体この村で何をなさっているんですか？」

ぐっと感情を抑え込み、私は今すぐ泣いてここから飛び出したいのを我慢します。

「えっと、この辺りはとても作物が育ちにくい環境ですので、魔法での保護や成長促進の環境作りのお手伝いさせていただいてます」

「魔法でそんなことができるのですか？」

興味深い話のおかげで、どうやら私の負の感情はかなり薄まりました。

「はい。魔法はアルマを使役する術。生命の源であるアルマを操れれば、あらゆる命を育むことができるのです」

「なるほど……魔導書でも見ませんでしたけど、確かにありえそうですね」

「あ、魔導の分類としては『治癒術』にあたるものです。ちょっとした応用技術なので、一般に出回るような魔導書にはないかと」

「凄い、治癒術ですか！　私の読んだ魔導書の中では、その記述がなかなか出てこなくて……」

「一般魔導とはジャンルが少し違うようですし、確かにないかもしれませんね。興味がありましたら、ちょっとした魔導書なら持ち歩いていますけれど。如何《いかが》でしょう？」

「え、いいんですか！　是非《ぜひ》！」

「お、おいおいおいおいおい！　全然話に付いていけないぞ⁉　俺も話に交ぜてくれ！」

……兄様ァ。私が魔法の話をしても、全く食らいつかなかったのに。グゼさんが絡んだ途端にぃ！

ええ、分かってますよ。私は兄様にとって、なんの魅力もない嫌な女ですよ。そりゃそうですよ、妹ですもの。

だからいいですも～んだ！　まぁ、説明はしませんけどね！

「あ、治癒術についてご興味が？」

「いや。俺、魔法ってのがイマイチ理解できないんだよなぁ。アルマとかチンプンカンプンでさ」

「ええ？　あんた、そんなことも知らんのかえ？　学校やら親やらに習わんかったんかい？」

おじいさんに驚かれてしまいました。兄様が馬鹿にされたり侮《あなど》られるのは嫌ですけど、今回ばかりはざまあみろです！　ふっひひ！

気まずそうな顔の兄様も可愛くて好きですよ。グゼさんにも、変な目で見られてしまえばいいのです！

「私はそこまで魔法に精通しているわけではないので、上手く説明できるかは分かりませんが……簡単な説明だけなら致しましょうか？」

「は、はい！　是非！」

グゼさんは全く不思議がる様子も侮る様子も見せずに、首を傾げ、兄様に言いました。

嬉々《きき》として頷く兄様。

……駄目だ。この人、人格者だ！　兄様に子供じみた悪意を向けた自分が、恥ずかしくなってしまうレベルです。

「アルマとは、簡潔に言うと『生命の源』のようなものです。人間や動物、植物、そしてあの異形の魔物テラスにも。命ある者全てに宿る……そうですね、命を支えるエネルギー、そう言ったら分かりやすいでしょうか？」

「凄く分かりやすいです！」

家でもそんなに真剣に勉強することないのにぃ！

「命を支える程のエネルギー、それを用いれば、何か大きな現象を起こせるのではないか？　それを、実際に実現したものが魔法というわけです」

「なるほど！」

なるほどじゃないですよ！　道中に私だっていっぱい魔法のお話をしてたのに！　大体似たような説明を五回はしたじゃないですか！

「それを実現する手段としての呪文の話も交えるとちょっとキリがないので、割愛《かつあい》させていただきますね」

「いいえ、全然！　だいたいのことは分かりました！」

鼻の下伸ばしちゃって！　兄様の言葉を借りると、兄様は綺麗な異性にデレてしまう程度には、普通なのです……。

でも、だからって。だからって！

「グゼさんの治癒術っていうのは、その魔法の一種なんですか？」

「正確には『魔導の一種』と言った方が正しいかも知れませんね。そういう意味では先程の説明は少し間違いかもしれません。魔法ではなく、正確には魔導と呼ばれるものです」

こんなに積極的な兄様は初めてです……男はやはり狼なのですね！　なんでも「嫌だよ！」ばかりの草食系の兄様が、今や軟派《なんぱ》な肉食系狼です。だけど、そんな兄様もアリなのが悔しいっ！

「魔法も魔導の術の一つと言えますね。まぁ、最もポピュラーで扱いやすいので、魔法＝魔導と考える風潮《ふうちょう》が今は強いそうですし、あながち魔導を魔法と呼んでしまうのは間違いではありませんね。でも正確に言うと、魔導には他にも複数の術があるのです」

「それに入るのが治癒術……と？」

キリッとした表情で知った風な口を利く兄様。なんですかそのドヤ顔は！

……でもやだ、格好いい。

「はい。魔法が『アルマを変換し事象を起こす術』だとすると、治癒術は『アルマを生命力として与える術』と言いましょうか。要はアルマを元ある形のまま、元の役割のまま動かす術ですね。私も歴史には詳しくありませんが、実は成り立ちは治癒術の方が早く、その操作技術を発展させて、魔法という概念《がいねん》は誕生したとか」

「すげぇ……じゃあ、魔法のルーツが治癒術というわけか！」

「あくまで一つの説ですが、ね。魔導には他にも器術《きじゅつ》、付術《ふじゅつ》などなど、数え切れない程のジャンルがあるそうです」

「へぇ～、グゼさんは物知りだなぁ」

「い、いえ。受け売りです。私もそう詳しくはないので……知っているのは専門の治癒術と魔法を少々程度です」

少し照れて頬を赤くするグゼさん。その、少しおとなびた感じの綺麗な声が、小さな可愛らしい声に変わる様子。それが兄様にド直球のようです。

治癒術を操る癒しの姫、そんな感じの立ち位置もド直球なのでしょう。鼻の下が伸びっぱなしの兄様ですが、普段の不機嫌そうな顔とのギャップもまたよし！

……私はさっきから何を興奮しているのでしょうか？

「あ、そういえば治癒術の魔導書……」

放心状態の私に、グゼさんは思い出したように話を戻してきました。どうやらあまりいい表情をしていなかったようで、グゼさんは気を遣ってくださったようです。

　こんなよい人に、こんな顔をしてしまうなんて……嫉妬深い女ですね、私。そういうの、一番嫌いなのに。

「お借りしてもいいんですか？」

「ええ。私としても、治癒術を志す方が増えるのは喜ばしいことですので。治癒術の知識が広まれば、それだけ多くの生命が安息を得られるでしょうし」

　天使とは、こういう人のことを言うのでしょうか？　その笑顔に、その優しい空気に、私も思わず少し見惚れてしまいました。

　でも、自分の器の小ささを恥じつつ、後悔より反省をすべきです。

　これくらいでは挫けません。正々堂々自分を磨き、実力で兄様を振り向かせて見せます！

　そして妬《ねた》みもしません。ただグゼさんは私のライバル。勝手に対抗意識を燃やすくらいは、お許しを。

　……なんて、一人相撲《ずもう》に励んで、ようやく気持ちも落ち着いて来た頃でした。

「じゃあ少しお待ちください。すぐに用意してきますので」

　その場から離れようとしたグゼさん。そんなグゼさんの前に、転がるようにして一人の男性が走り込んで来たのが、事態の発端でした。

「グゼ様……ようやく見つけた」

「アルムさん⁉」

鎧を纏《まと》った騎士らしき男。男は傷だらけの顔を上げ、駆け寄ったグゼさんに縋《すが》るように手を伸ばします。

「どうしてここに⁉　……それより酷い怪我、すぐに治癒を！」

「グゼ様、それよりも早くお逃げください！　奴らに気付かれました！」

「どうしたんですか⁉　一体何が……」

そして、私が外へ出ていこうとしたその時。

「見つけたぞ」

一人の男の声で、グゼさんはたちまち顔色を変えました。

表に出た私。続いて出て来た兄様とグゼさん。

グゼさんが顔面蒼白《そうはく》で見上げたのは、十人近い騎士を従えた、白い鎧を身に着けた中年の騎士でした。

「くっ！　早くお逃げください！」

「無駄だよ。まさか、貴様が生きているとは思わなかったなぁ。しかも、よくもまぁ大胆な行動に出たモノだ。逃げるなよ。抵抗すれば殺す」

そのただならぬ雰囲気。

そして、白い鎧の騎士はその槍をグゼさんに向けて、高々と叫びました。

「反国家団体エクスィレオスィ代表、グゼ。貴様を反逆罪で連行する！」

どうやら国家絡みの大きな事件に、私達は巻き込まれてしまったようです。

救済団体エクスィレオスィ構成員アルム

全てはグゼ様の、分け隔《へだ》てなき慈愛《じあい》の心が災いした。

我々、救済団体エクスィレオスィの目的は、恵まれぬ人々の救済。格差の根付くこのノトスの体制を変革し、全ての者に平等な恵みと救いを与えるために発足したという。

俺は発足当初からのメンバーではないので始まりに関しては詳しくないが、少なくともその理念は理解しているつもりだし、大いに賛同している。

かつて俺の村は流行病《はやりやまい》によって、深刻な状況に追いやられていた。さらに村を守る結界の不調により、小型ながらもテラスの侵入が相次《あいつ》ぎ、村人は次々と命を奪われていった。中央に支援を申請しても、返事すらない状態が続いた。恐らくは俺達の村を囲うダクリ平原が、大型の野良《のら》テラスが潜む危険地域のため、切り捨てられたのだろう。

村人達が一か八かダクリ平原を越えて、大きな街に移ろうという決断を下そうとした時のこと。エクスィレオスィのグゼ様が、何人もの魔導士や騎士を引き連れて、村を訪れてくださった。

中央への申請は、予想通り却下《きゃっか》という形で止まっていた。

しかし、中央に潜むエクスィレオスィの賛同者が、秘密裏《ひみつり》にその情報を流していたという。他の小さな村からの通ることがない申請も、全てがエクスィレオスィに流れ、グゼ様は組織を率いて、各地の村に回っていると言った。

流行病はグゼ様の優れた治癒術により、一日と待たずに全て消え失せた。

魔導士により、結界の修復も行われた。

騎士達はグゼ様を守り、テラスを追い払いながら、ここまで到達したという。

そして驚いたことに、グゼ様率いるエクスィレオスィは、ダクリ平原のテラスを一匹たりとも殺さなかったという。

戦い傷付けたテラスでさえも、グゼ様はその治癒術で治療なさっていた。

本能に生きる野生テラスにも、恩を感じる心があるのか。

村の近くまで来ていた大型テラス、フィールは、まるで飼い慣らされた犬のようにグゼ様に擦《す》り寄り、一向に人を襲う様子を見せなかった。

俺はその光景に衝撃を受けた。

まさに天使。まるで神話に語られるような、慈悲深き真なる天使。

俺も村人達も、皆がそう思った。

この方ならば、人もテラスも統一し、真に平等な理想郷を築けるのではないか。

元々村の中で多少剣術や魔導に精通していた俺は、すぐさまエクスィレオスィへの入団を志願した。グゼ様は拒まなかった。

グゼ様は手懐《てなず》けたフィールを村に残し、人々と協力して生きていくようにと仰った。

フィールは嘶《いなな》き、それに賛同したような素振りを見せると、それ以降は村の守護者として働くようになった。

テラス、フィールの持つアルマ量は膨大で、それは村に豊かな恵みをもたらした。

そして俺は安心して、グゼ様に付いて村を離れることができたのである。

エクスィレオスィに入って、俺は驚愕した。

志を同じくする者は、想像以上の数だった。

元王宮勤めの騎士、ノトスでも指折りの魔導士など、相当な有力者も数多くいた。それこそ、俺程度の実力ではなんの役にも立てない程に。

しかしグゼ様はそんな俺の名前も呼んでくれた。志のみを共にする、動けない者の名前も口にしてくれた。

人民を顧《かえり》みない中央とは、何もかもが違った。

グゼ様は、まさに救世主として崇《あが》められたのである。

そんなグゼ様に中央が目を付けたのは、至極自然なことだった。中央は最初、グゼ様に王の下で働くように要求した。

しかしグゼ様は断った。当然だ。何故ならグゼ様は、この国の在り方を憂《うれ》えてエクスィレオスィを結成したのだから。

何も非難される謂《いわ》れはないはずだ。しかし、あくまで勝手な中央は、強硬手段に出た。

エクスィレオスィの本部を襲い、グゼ様を連れ去ろうとしたのだ。

しかし、指折りの戦士が揃う本部を、甘ったれた中央の騎士共が落とせるはずもない。

その襲撃は失敗に終わったかと思われた。

だが、王の下には『奴』がいた。

惨劇《さんげき》――エクスィレオスィの本部は、血の海と化した。

王が従える最強の黒髪の剣士、イツキの手によって。

俺もその剣技を目の当たりにして驚愕した。

あれはまさに鬼神。その圧倒的な剣技によって、騎士も魔導士も一瞬で全滅した。唯一の奇跡は、グゼ様を連れて数人の構成員がその場を脱出できたことだろう。グゼ様は、剣を突きつけられながらも、その場から上手く逃れられた。

支持者の多いグゼ様に手を出したのだ。国中の反感を買った中央は、その体制の信を問われるはずだった。このような暴挙《ぼうきょ》、決して許されるものではない。

しかし、王は掴んでいたのだ。グゼ様がテラスの命を救い、意思を通わせていることを。

王はグゼ様を『テラスに与《くみ》する悪魔』とし、国中に嘘の情報を流した。テラスを率いてノトスの転覆《てんぷく》を企む反逆者として、王はグゼ様を指名手配し、我々エクスィレオスィを反国家団体に指定したのだ。

中央に近い豊かな都市に住まう者達は、たちまちそれを信じ込んだ。

彼らは貧民を救おうとしているグゼ様に反感を抱いていた。自分達の豊かな生活を脅かす敵として。

我々への迫害はすぐに始まった。

構成員は追放され、暴行を受け、時には死に追いやられもした。身内だったはずの数人は裏切り、仲間を売った。あれ程にグゼ様を支援していた者達も、知らん顔で離れていった。

エクスィレオスィはバラバラに散り、グゼ様を守るべく、グゼ様を慕う者の多い地方へと逃れた。

グゼ様は涙を流しながら、犠牲になった同志の名前を挙げて謝罪した。

私が力不足なばかりに、私が勝手なばかりに、と。

その姿は余りにも悲しく、この方を守るという俺の意志を強めさせた。

そしてグゼ様は、死んでいった同志達に報《むく》いるためにと、各地の村を転々とするようになった。誰も傍《そば》に付けずに、誰にも知られずに、ただ一人で。

それはこれ以上、同志を巻き込みたくないという意思からなのかは不明だった。しかしそのおかげで、中央も、味方の俺達でさえも、グゼ様の行方は分からなかった。

そう、つい最近までは。

グゼ様が辺境の村、アラクにいることが、中央にバレたのだ。密告があったのだという。

情報を収集していた同志からその報告を受け、俺を含めたエクスィレオスィのメンバーは、すぐさまアラクへと向かった。

しかし途中で、俺達の行動を見越して待ち伏せしていた王の騎士団と遭遇《そうぐう》したのだ。

奴らは不意を突くように、俺達に攻撃を仕掛けてきた。

逃げることしかできない俺達は徐々に戦力を失っていき、ただ一人俺だけが、命からがらアラクの村まで辿り着けたのだ。

　しかし、すぐ後ろまで騎士団が迫っていた。そして、俺はもう戦えそうもない。俺はようやく見つけたグゼ様に、逃げるよう促す以外になかった。

「さぁ、投降せよ！　さもなくば殺す。その許可は出ている！」

　白い鎧の男、ノトスの騎士団でも上位に位置する実力者アニードが、俺に治癒術をかけようと駆け寄ったグゼ様に槍を向ける。

　今は動けないというのに！　いや、動けたところでこいつに俺が勝てるはずもない……。

　悔しかった。自分の弱さが、自分の情けなさが。俺に優しく添えられた、細く美しいグゼ様の手がわずかに震えている。

「……分かりました。付いていきます。だけどアルムさんの治療が終わるまで、待っていただけませんか」

「いけません、グゼ様！　俺に構わず、早くお逃げください！」

「そんなこと……できません」

　グゼ様は優し過ぎた。少しの犠牲も許せない程に。だから今、俺を見捨てて逃げられないのも当然だった。俺には分かっていたはずだ。

　そんなグゼ様を弄《もてあそ》ぶかのように、アニードは下卑《げび》た笑みを浮かべた。

「何を言っている？　お前には選択権も、要求権もないことがまだ理解できていないのか？　そいつはいらない。だから処分する。そして、お前は王の元へ連れ帰る。抵抗するなら一緒に処分する。『あの時』のように、なぁ？」

その言葉は、グゼ様の顔を一気に引きつらせた。

俺はアニードの語る『あの時』を知らない。だから、グゼ様が何故そこまで顔色を変えるのかは想像できない。

しかし、こいつが許せない相手であることだけはすぐに分かった。

俺は痛む体を奮い立たせて、アニードに剣を向ける。

「……やる気か？」

「グゼ様は俺がお守りする！」

その時、背中にそっと手が添えられる感覚。それは、何度も味わったことのある優しい感触。

グゼ様の治癒術だ。

「リーベ」

鼓動が高鳴るのを感じる。グゼ様の温かいアルマが身体に染み込むように流れてくるのを感じる。傷からは痛みが失せ、上がらない腕は次第に軽さを取り戻していく。そして何より、その優しさが俺の感情を高揚《こうよう》させる。

行ける！

そう思い、踏み出そうとした俺。しかし、グゼ様はぐっとその弱々しい力で俺の首根っこを掴むと、後ろに引っ張った。突然の行動に、俺は思わず後ろによろめく。

そして、グゼ様は俺の前に立った。

「傷は治しました。これで走れますね？　……逃げてください。私のことは気にしないで。おとなしくしていれば、何もされないのでしょうから」

「グゼ様⁉　何を言うのです、俺は戦えます！　だから……」

「やめてください！　もう、目の前で、同志が倒れるところを見たくはありません！」

悲痛。それは余りにも悲しい姿。

俺には、この人の役に立てないのか？

無力さを噛み締め、俺はがくりと肩を落とす。

「さぁ、私を連れていってください。もしもアルムさんに手出しをしたら、私も『それなりの手段』を選ばせて頂きます。王の理想は、私を生かして傍に侍らせることなのでしょう？」

「……それなりの手段、か。随分と大きな態度に出たな。貧弱な出来損ない風情が。お前はまだ勘違いしているようだ」

アニードの声が不気味に歪《ゆが》んだのに、俺は一瞬気付くのが遅れた。

「生かして連れ帰るのはあくまで理想。危険因子であるお前など、殺しても私は一向に構わないのだよ！」

アニードは不気味に微笑むと、その槍を突き出しグゼ様に迫った。

しまった！　間に合わな……。

「兄様ＧＯ！」

「おわぁっ⁉」

間に合わない、そう思った瞬間であった。

突如、一人の奇妙な男がグゼ様の前に、アニードの前に立ち塞がったのである。

アニードは突然のことに驚き、思わず足を止めた。

「……なんだお前は？」

「え？　い、いや俺は……おいおいおいおいおい！　明華ァ！　何押してくれてんだ、ヤバいところに入っちゃっただろうが！」

「大丈夫ですよ、兄様！　格好いいところを見せちゃってください！」

黒髪の男は涙目で、離れた所で声援を送る同じく黒髪の女に文句を言っているようだった。誰だ、何故出て来た？　手ぶらではないか。

「ちくしょおおおお！　お、おおやってやんよ、おいこらお前っ！　グゼさんに何しようとしてんだぁ！」

「ウ、ウスハさん⁉　あ、危ないです！　危ないですから下がって！」

「お、俺がグゼさんを守る！　……あ、明華さん、もしものときは助けてくださいますよね、ね？」

ガタガタ震えながら何を言っているんだ、この男は。アニードに、こんなぱっとしない男が勝てるものか。

だが同時に、その姿に俺は感銘《かんめい》を受けた。

勝てないからなんだ。意味がないからなんだ。男なら、守ると決めたら立つものだろうが！

「邪魔立てするなら、お前も処分するぞ？」

俺は意を決した。

グゼ様に心配されようとも、期待されずとも、俺はグゼ様のために、その前に立つ！

そして、俺が震える腕を持ち上げて、アニードに立ち向かおうとしたその時。

黒髪の女は、小悪魔のような笑みを浮かべて呟いた。

「……言っちゃいました、ね？」

刹那《せつな》、黒髪の男は、がくんと首を傾けた。

アニードは驚き、びくりとその身を弾ませる。

その一瞬の隙。いや、俺も驚いて瞬《まばた》きをしたほんの少しの時間に、文字通り目にも止まらぬ速さで、男はアニードの背後に、背中を向けて立っていた。

カラン！

アニードの手から槍がこぼれ落ちる。アニードは唖然として、槍を落とした腕を見下ろした。

腕はありえない方向に曲がっていた。

「う、う、うあああああああああああああ！」

「アニード様！」

後ろに控える騎士達が声を上げる。

それを牽制《けんせい》するかのように、虚空を見つめる男は、ガクン、ガクンと振り子のように首を揺らした。

「格好つけて『処分する』という割には、人一人を殺す程の覚悟もできていなかったようですね。ま、そのお陰で腕が折られるだけで済んでよかったじゃないですか」

「な、何をした⁉　私に何をした⁉　腕が、私の腕がぁぁ！」

「おのれ、よくもアニード様を！」

「あ、やめておいたほうがいいですよ」

黒髪の女は、茶々を入れるように言う。

「兄様、完全にスイッチ入っちゃってますから」

剣を構えた剣士達が、悲鳴を上げ次々と剣を落とし、崩れ落ちていく。

腕を折られた者、脚を折られた者、鎧が粉々に砕け散り呻《うめ》く者。残る十人近くの騎士全員が、一瞬にして動きを止めて、叫び出したのだ。

「うあああああ！」

「い、痛い！　痛い！」

「た、たす、助け……息が、息が！」

その男が何かをしたのは一目瞭然《いちもくりょうぜん》だった。

男は一歩も動かず、何もない虚空をただじっと見つめていた。冷めた目で、凍りつくような目で、まるで関心すらないような目で、ただそこに立ち尽くしていた。

何をしたのかは分からない。ただ圧倒的だった。

「あらあら。皆生きてるじゃないですか。全員口だけで、人を殺す覚悟ができていないですね。兄様は向けられた殺意に応じて報復する。あなた達は人を殺すことがどういうことかも分からずに、剣を振るっていたんですね」

呆れ顔で、黒髪の女は崩れ落ちたアニードに歩み寄る。そしてその顔を見下ろし、にっこりと微笑んだ。それは美しい笑顔で、天使のものにも悪魔のものにも見えた。

「で、どうしますか？　私が今見たところ、あなた方の方が悪役に見えて仕方がなかったんですけど……」

「ひ、ひいいいい！」

「グゼさんに何の用なんですか？　返答次第では、ちょっと私もキレますよ？」

アニードは震え上がった。その笑顔の裏に、どす黒いアルマが渦巻いている。それも、そこらの上級テラスとも遜色《そんしょく》ない強烈な密度のアルマが。その怒りを向けられていない俺でさえも、手が震えるのを感じた。

直接その敵意を向けられたアニードが、言葉を発せられなかったのも頷ける。このプレッシャーの中で、口を開ける者はほとんどいないだろう。

「返事がありませんね？　どうしてくれましょう。私の大切なお友達に酷いことをしようとしたあなたを」

怖い。滅茶苦茶に怖い。この人、悪魔だ。怖すぎる。

アニードが震え、口をぱくぱくさせている。恐ろしい悪魔の威圧に奴が壊れかけたとき、救いの天使は手を伸ばした。

「……アキカさん。もう、やめてあげてください」

「グゼさん？」

グゼ様は、悲しげな瞳をアニードに向けて、そっと横たわる身体に歩み寄った。そして、その手を当てがい、ふわりと優しい光を手に灯す。

「グゼ様⁉　何を……」

グゼ様は優しく、物憂《ものう》げに微笑み、自身のアルマをアニードに流し込む。

「腕、大丈夫ですか？」

アニードの捻《ね》じ曲がった腕は、綺麗に元通りになっていた。アニードは目を見開き、腕をゆっくりと持ち上げる。先程まで、ぴくりとも動かなかった手は、指は、なんの問題もなく動いているようだった。

「お前、何故！」

「……汚い取引を持ち掛けて申し訳ありません。しかし、ここは話を聞いていただけないでしょうか。残るお怪我をされた騎士様方も、きちんと治療致します。だから、今回は引いていただけないでしょうか？」

アニードは顔を引きつらせた。

グゼ様は、自分に剣を向けた敵でさえも癒すというのだ。

交換条件として、今は見逃すことを条件に。

恐らくこの取引自体は、グゼ様の本意ではなかった。

しかし、俺や割って入った二人の男女、村の人間のことを思いやり、グゼ様は仕方なくその取引を持ちかけたのだろう。その表情はとても辛そうに見えた。

「私に、取引を持ちかけるというのか」

「貴方様の立場は重々分かっております。しかし、私にも譲れないものがあります」

その言葉を発したグゼ様の表情は、とても強い意志を宿したものだった。

アニードはわずかに表情を歪め、ぐっと唇を噛み締める。そして。

「……部下を、治療してやってくれ」

「はい」

アニードは折れた。

グゼ様はその顔に喜びの色も浮かべずに、アニードの部下達に駆け寄って、治癒術を展開された。

騎士達の身体が、綺麗に元通りになり、泣き崩れた表情が元に戻ったのはすぐのことだった。

「ありがとうございます、ありがとうございます……」

「申し訳ありませんでした」

奇跡の治癒術。その優しい温もりに触れた騎士達は、何度も頭を下げて、涙を流しながらグゼ様に礼を言った。

「お礼などよしてください。痛むところはもうありませんか？」

「はい……」

「よかったです」

優しい笑顔を向けられ、騎士達は惚《ほう》けていた。

貴様らも知っただろう。グゼ様の素晴らしさを。慈悲深さを。天使の如き輝きを。頬を染め、その笑顔に見入る騎士達。それを一喝《いっかつ》したのはアニードだった。

「貴様ら、何を反逆者に頭を下げている！」

「ア、アニード様……」

アニードはそのまま村の出口に向かって歩き出す。

「グゼ。今回だけは見逃そう。しかし、これで貸し借りなしだ。礼は言わない」

「何を偉そうに！」

黒髪の女が、敵意剥《む》き出しで言う。アニードはそれに反応することなく、そのまま背中を向けて立ち止まった。

「今回だけだ。早く国の外にでも逃げるがいい。お前程の治癒術の腕があれば、どの国でも手厚く歓迎されるだろう。そうすれば、私達もお前に手出しはできない」

「アニードさん」

そして、告げる。

「私達はお前の情報を、『とある筋』から手に入れた。勿論それはイッキ様の耳にも入っている」

その言葉を聞いた途端に、グゼ様の表情は一変した。何かを恐れるような、何かに絶望するような、青ざめた表情へと。

『イッキ』。俺もよく知っているその名前。黒い髪を持つ、ノトス王最強の手駒。

「パラディソスに向かうには、避けては通れぬ関門。イッキ様はお前をノトス砦で待ち構えている」

ノトス砦、それはパラディソスを外部から守る鉄壁の砦。四方に散らばる数箇所の入口をくぐり抜ける以外にないその場所にイッキが待ち構えているのであれば、接触は避けられないということだ。

確かに厄介な話だ。しかし、何がそこまでグゼ様を怯えさせるのか。そう疑問に思う程その表情は暗かった。しかし、グゼ様はぐっと唇を噛み締めて言う。

「それでも、私は逃げません」

「そうか……」

後ろ姿で分からなかったが、何故かその時、アニードは笑ったように感じた。そして、奴らは去っていく。

こうしてグゼ様は、黒髪の二人の悪魔によって危機から救われた。

天使が悪魔に守られるとは、おかしな話である。


それは、恥を忍んでの願いだった。

黒髪の悪魔、アキカとウスハ。その二人に、俺は深々と頭を下げた。

「アキカ様、ウスハ様。どうか、グゼ様を、グゼ様を首都パラディソスまで護衛していただけないでしょうか⁉」

二人はキョトンとした様子で、俺の話を聞いていた。

「無礼なのは百も承知！　しかし、俺一人では、グゼ様をパラディソスまで送り届けることすらできません……」

「それは、えっと、あの人が言っていた『イツキ様』と関係が？」

アキカの問いに答えたのは、俺ではなくグゼ様だった。

「イツキはノトスに喚び寄せられた、伝承の天使です」

その言葉に、アキカとウスハ、俺でさえも驚きを隠しきれなかった。

伝承、天使？　俺はその言葉の意味を測りかねた。

イツキの存在は知っていた。ノトス最強の剣士である。しかしグゼ様の口から、そんなわけの分からない単語が飛び出そうとは思いもしなかった。

そんな俺とは裏腹に、アキカとウスハの驚きは別の部分にあったらしい。

「グゼさん。あなた、伝承を？」

「ええ、存じております。ほんの少しだけ、ですが」

アキカとウスハはその言葉に覚えがあるようだった。グゼ様と二人の間にだけ通じる『伝承』という言葉。それは二人にとっては重要なもののようだった。

そして、グゼ様は何かに怯えたような表情を見せながら、唖然としているアキカとウスハにぽつりと呟いた。

「私からも、お願いします」

意外なことに、グゼ様の口から飛び出したその言葉。

絶対に人を頼ることのないグゼ様が、初めて俺の前で頭を下げていた。

「お二人を既に危険な状況に巻き込んでしまい、取り返しのつかないことをしてしまって申し訳ありません。いくら謝罪しても、私の罪は償えないでしょう。その上でこのようなことを頼むのは、勝手だとは理解しております」

「い、いや。別に大丈夫だよなぁ。な、明華？」

「はい。あの程度、兄様と私にかかればなんてことありませんよ！」

力強い言葉で全く不安な様子を見せない二人。人がいいのだろう。それは辛そうに言葉を紡ぐグゼ様を気遣っているようだった。

「でも、一つだけ、聞かせてください」

その言葉を紡いだのはアキカ。真剣な眼差しをグゼ様に向け、アキカは問うた。

「首都に向かって、グゼさんは何をするおつもりですか？」

グゼ様は力強い視線と共に、強く、真っ直ぐに返答した。

「この国の病を治します」

それはグゼ様がいつからか語りだした理想、夢。

この国に巣食う、弱者を虐《しいた》げるシステムを作り替える。強者が幅《はば》を利かせる理《り》不尽《ふじん》を問いただす。

グゼ様は、遂にそのために動き出そうとしていた。

「……黒髪に黒い瞳。あなた方を見たとき、もしやとは思っていました。しかし、先程のお力を見て確信しました」

グゼ様は、自信がなさそうに、ぽつりと尋ねた。

「あなた方も、伝承の天使様、ですね？」

伝承、天使。再び飛び出したその言葉に、アキカはきっとした表情を作り、こくりと頷く。

「グゼさんは一体どこまで伝承を？」

「かつて世界を救ったという黒髪、黒眼の天使。昔に一度だけ、本で読んだことがあります」

アキカとウスハは顔を見合わせた。

「グゼさん。その伝承を記した書物は……」

「首都、パラディソスにある。それ以上は言えません」

どうやら二人の目的は、首都にあるようだった。何か後ろめたそうに目を逸らすグゼ様。

それを追及することなく、アキカとウスハは前を見据えていた。

グゼ様は言葉を続ける。

「アキカ様、ウスハ様。どうか小さい私めに、そのお力を貸してはいただけないでしょうか？　世界を救う力の一端を、どうか国を変えるために貸していただけませんでしょうか？　代償はいくらでも支払います。ですので、お願いします……どうか、どうか」

「堅苦《かたくる》しいのはナシですよ、グゼさん」

アキカが笑顔で言う。

「私達、もうお友達ですよね？　楽しく魔導のお話をしたんですもん！　治癒術の魔導書も貸してくださるんですよね？」

「え、あ、はい」

「グゼさんは、見返りを求めて貸してくれる約束をしたんですか？」

「い、いえ！　そんなことは……」

アキカはぎゅっとグゼ様の手を握り、微笑みかける。その時、初めて彼女の顔は、天使のように見えた。

「当然！　だって友達は、見返りを求めて付き合うものじゃないですから！　困っているときに助けてあげたくなるのが友達、ですよね？」

「そ、そうだぞ！　俺もできる限りのことはするからさ！」

ウスハもその手をアキカと共に重ねる。

グゼ様は頬を朱に染めて、緑色の瞳を潤ませながら口元を緩めた。

「……ありがとう。アキカさん、ウスハさん」

アキカは勢いよく立ち上がる。そして拳をぐっと握り、声高らかに宣言した。

「さぁ、国盗り合戦の始まりです！　兄様の伝説を、ノトスの歴史に刻み込んでやりましょう！」

「国は盗らねぇよ⁉　お前、何言ってんだ、趣旨理解してんのか⁉」

その気の抜けたやり取りに、グゼ様がくすりと微笑んだ。

アキカとウスハ、悪魔のような天使がグゼ様の友となった。

ノトスは確実に動き出す。

アキカとウスハ、二人の天使の力により難《なん》を逃れた俺達は、足早にアラク村を離れることにした。

俺とグゼ様は特別急ぐ必要もなく、首都パラディソスに到達できればそれでよかった。

だからアキカとウスハを急がせるつもりもなかった。

加えてアニードの様子を見るに、すぐに追手が現れる可能性は低いと思えたが、それでも万が一に備え、なるべく急いだ方がいいという結論に至った。

「私達は少し急ぎたいですしね。天使さんに逃げられても困りますし」

アキカだけは、どうやらイッキに会う気満々のようだった。

確かにアキカとウスハ、この二人がいれば、イッキに十分対抗できるかもしれない。しかしそれでも、欲を言えば奴との接触は避けたかった。

「アキカ。できることなら、イツキと戦うのはやめたほうがいい」

「別に接触したから即戦闘とはいかないですよ。それに万が一向こうがやる気でも、兄様は当然のこと、私だって負ける気はさらさらありませんよ？」

「あいつを舐めるな。あいつの強さは本物だ。一国の治安を、その腕一つで取り戻す程の化け物なんだぞ」

「じゃあ、兄様の前には世界が平伏しますね」

「俺は一体何者だよ！」

それはこっちのセリフである。この兄妹、本当にグゼ様の仰る通りの天使なのか？

道中、野良テラスとの接触を何度か切り抜け、少しずつ天使の実力を見せられてはいるが、どこか自分の中での『天の使い』というイメージと食い違う二人を見ながら俺は思う。

アキカは道中度々見せていた魔法などから、その計り知れぬ能力が感じ取れた。

まず、彼女は見て分かる程に、異常なまでのアルマ量を誇っている。

そしてその細身に似合わない体力。俺でさえも辛い長く険しい道、それを息切れ一つ起こさずに易々《やすやす》と歩いていく。その体力も膨大なアルマ量故なのか。アルマの絶対量がその個体の能力を丸々表していることは世間一般に知られる事実で、彼女のスペックが恐るべきものだということは見るだけで分かる。

そして、グゼ様と交わす魔導の話題の内容からは、彼女の膨大な知識を思い知らされる。学のない俺は愚か、治癒術のエキスパートであるグゼ様でさえも、遅れを取るような話。魔導とは知識である。それを知り、理解することが力となる。故に知識量は直接魔導の能力に通じている。多くの呪文を覚えれば、それだけ多くの魔法を使える。しかし、知っているだけでは当然武器には成り得ない。

実践を見据えて魔導士は、魔具《ヴィヴロス》に『呪文短縮』の機能を組み込んでいる。これは魔具《ヴィヴロス》にあらかじめ魔法の構成手順を記憶させることで、呪文の余計な部分をカットしようとするものである。呪文は魔法の設計図を読み上げるようなもの、故に呪文の大幅短縮が可能なのだ。

これにより、余計な暗記は必要とせず、短い呪文でそれなりの効力を持つ魔法を発動させることができる。

しかし、魔具《ヴィヴロス》にも容量がある。組み込める機能には限界があり、個体差はあるが、呪文短縮機能は最大で六個程。つまり、魔導士は魔具《ヴィヴロス》に記録した少量の魔法を駆使して戦うのだ。アルマ負担を抑える機能なども組み込めば、使える魔法はさらに減少する。実際の魔法の使い分けは、一段と数が少なくなる。

それでも、わずかな魔法で解決できる状況は多いので問題にはならない。ただ理想を言えば、バラエティ豊かな魔法を撃ち分けられるのが望ましい。

アキカはそれを成し遂げる稀有《けう》な才を持つ。

道中、彼女の魔法を見て気付いたことだが、彼女はあろうことか、難解で長い呪文を、正確に、複数暗記しているのだ。そして、それを操る滑舌《かつぜつ》というべきか、それも異常なまでに優れており、恐ろしい早口詠唱で魔法の発動を可能にしている。

そして、呪文短縮のスペースをアルマ軽減に回すことで、彼女は持ち前の大量のアルマを用いて、強力で臨機応変な魔法を自由に乱射するという、脅威の『魔法弾薬庫』となれるのだ。

一人で一国の魔導兵団に匹敵《ひってき》する力。確かに脅威的で、天使というのも頷ける。

しかし、それだけではとてもイツキに勝てるとは思えなかった。

そして、問題なのは兄のウスハ。こちらはまるで理解が及ばぬ存在だった。

感じ取れるアルマ量は極めて希薄。それを扱う手段も持っていない。

しかし、強い。理不尽に強い。彼はただ、出鱈目《でたらめ》に速く、出鱈目に強いのだ。

それを身体能力だけで成し遂げているとでも言うのか。俄《にわ》かには信じがたいが、それぐらいしか思いつかない。なぜなら、彼からアルマの放出を感じ取ったことは一度もないからだ。

普段は臆病で、いまいち頼り甲斐《がい》のない地味な印象。しかし、イッキに勝てるとしたら、俺は彼しかいないと思った。

とても天使には見えない。しかし、強い。

彼らが天使であろうとなかろうと、俺達は彼らに縋《すが》るしか、国の牙《イッキ》に対抗する術はなかった。

しばらく整備の行き届かない荒れた土地を進みながら、時折休憩を挟みつつ、俺達は何の問題もなく歩みを進めていく。

やがて到達したジヴォート平原。この辺りになると、テラス対策がかなり行き届いており、危険なテラスと遭遇する可能性は激減する。道の整備もある程度整い、交通機関も存在している。しかしエクスィレオスィに属する身、変装こそしているが、周囲の目はなるべく避けたい。

そこで俺達は、ジヴォート平原でも交通機関の開通していない少し外れにある村、フテルナを目指すことになった。

フテルナまでの道は、まだ完全に整っていない荒れた道である（それでもここまでの道中に比べればまだ落ち着いた道だが）。そして、あまり需要《じゅよう》のあるものではないため、人と出会うことはなかった。

テラスも見かけず、野生動物もいない。これは長閑《のどか》なピクニックなのでは、と思う程に静かで落ち着いた旅路《たびじ》だった。

しかし、グゼ様の表情はずっと沈んだままだった。

それもあのノトス最強の剣士、アキカ達と同じ黒髪の天使であるという、イツキの話を聞いてからである。

確かに、イツキにはただならぬ因縁《いんねん》がある。グゼ様は目の前で同志をやられ、さらにはご自身もその刃《やいば》を向けられたのだ。奴を恐れるのも無理はない。

しかし、何故かそれ以上の理由があるような気がしてならない。それこそ、俺も知らないグゼ様の過去……何か根深いものがあるのではないか。グゼ様の暗い表情の奥底に、俺は何かがあるように思えた。

「見えてきましたよ」

アキカの言葉で、俺はグゼ様にずっと向けていた意識を前方に戻す。そこには、ノトスでは中程度に大きな村、フテルナがあった。

フテルナは『フィラフトの葉』の栽培で有名な村である。

フィラフトの木から取れる葉は、日の光を浴びてアルマを生成する特性を持っているので、しばしば魔具《ヴィヴロス》の作成に使われるのだ。アルマ軽減の機能を担う素材として比較的安価なこともあり、需要が高い。

さらに、太陽がある限り咲き続けると言われるその花は、この村の名物としてノトス観光の目玉の一つともされている。

俺達は、フィラフト茶を振舞う茶店に入り、一時の休息を味わっていた。

「フィラフトの花、綺麗ですね～」

ずずっとフィラフト茶を啜《すす》りながら、アキカが表に生えるフィラフトの木を見て言った。

とても、これからイツキと戦うことになるかもしれないという雰囲気ではない。

「アルムさんもそう硬い表情しないでくださいよ。物事には落ち着いて、リラックスして臨まないと」

「多少の緊張感はあってもいいと思うんだが」

「それにしても表情硬すぎですよ」

アキカは俺の耳元で囁《ささや》く。

「グゼさんの様子がおかしいの、気付いてます？」

フィラフトの木の側まで歩み寄り、その花を見上げるグゼ様。その姿を眺めながら、アキカは溜め息を吐く。

「……信用されてないんですかね。秘密を抱え込まれちゃって。まぁ、話したくないこともあるとは思うんですが」

　アキカは相変わらず茶をちびちびと飲んでいたが、呑気そうな先程までの空気は一変していた。物憂げな、何かを心配するような表情。

「天使、イツキでしたっけ。その天使が、グゼさんにあんな表情をさせているのだとしたら……私、一発ぶん殴ってやりたいですね」

「アキカ……」

「ま、私と兄様が万に一つも負けるわけないじゃないですか。だから、グゼさんに余計な心配をさせる必要、ないですよね？」

　アキカを少し誤解していた。

　俺はてっきり、彼女はかなり優秀だが、兄が大好き過ぎる剽軽者《ひょうきんもの》かと思っていた。優秀故、天才故にあそこまで平気でいられるのかと思ったが、どうやらそうでもないようだった。

　むしろその裏では、誰よりも深く他人のことを考えているのではないか。

「強がりではありませんよ」

　じっとその横顔を見ていることに、気付かれたのだろうか。アキカはにやりと得意げな笑みを浮かべた。

「兄様も、私も、まだまだ切り札どころか、力の一端も見せていませんから」

本当だとしたら恐ろしい話だ。ここまで見せた魔法だけでも相当なのに、あれ程現実離れした動きを見せておいて、あれがまだまだ力の一端ですらない？

冗談だと思いたいくらいだ。

どちらにせよ、その笑みには、俺の心配を払拭する程の明るさがあった。

木の幹《みき》に手を当て、依然《いぜん》グゼ様が花を見上げている。その美しくも儚《はかな》い姿を見て、アキカの強さを思い知らされ、俺は改めて決意する。

役には立てないかもしれない。しかし、必ずグゼ様の支えになろうと。

「……さ、十分に休めたら、向かいましょうか」

「ああ。イッキがいる、ノトス砦へ」

ノトス砦。パラディソスに向かうために、避けては通れぬ関門だ。


フテルナ—ノトス砦間のルートには舗装《ほそう》された道がある。フィラフトの輸送ルートであり、首都直通の街道の需要は高く、人通りも多いはずだった。

しかし、人がいなかった。全く、誰一人として。

まるで俺達を迎えるかのように、その道は開けられていた。

奴は待ち構えていたのだ。あえて、誰も差し向けずに。

見えてきたノトス砦。その門の前にイッキは佇《たたず》んでいた。

「……どうだ？　ノトス観光は十分に楽しんだか？」

身軽なノトス軍将校の服に身を包み、その腰には刀状の魔具《ヴィヴロス》。肩まで垂らした、世にも珍しき黒い髪。そして、鋭く、猛獣《もうじゅう》をも射殺すような鋭い目。その顔の凛々《りり》しさからは想像もつかない程の、野性的な威圧。

腕を後ろに組みながら、王の最強の駒、天使イッキはただ一人で立ち塞がった。

「……グゼ。あのとき、せっかく見逃してやったというのに。未練たらしくノトスに残っただけでなく、反逆を企ててノコノコと戻ってくるとは」

「……イッキ」

その鋭い視線に射られたグゼ様が、恐れに染まった視線を返す。そこで、グゼ、イッキと名前で呼び合う二人に違和感を覚えた。

「話はアニードの奴から聞かせてもらった。黒髪の強靭《きょうじん》な戦士が、貴様の護衛に付いていると」

「あなたが天使、イッキさんなのですか？」

アキカはその威圧に一切屈することなく、前に出る。イッキはその鋭い目をぴくりとも動かさずに、淡々《たんたん》と口を開く。

「天使、か。この世界に喚び出された伝承に従うのならば、そういうことになるのだろうな。そういう貴様らも同じなのだろう?」

「そうなりますね」

アキカはまだ前に出る。奴のリーチをまるで恐れていないかのように。その顔に余裕の笑みを浮かべながら。

「実は私達、元の世界に帰る方法を探しているんですよ。あなたも元の世界に帰りたいとは思いませんか? 私達、協力できると思うんですけど」

話し合いを持ちかけるアキカ。どうやら最初から戦うつもりはないようだ。

しかし、奴は王の犬。たとえアキカの話を聞き入れても、グゼ様を見逃すはずもない。

一体どうするつもりなのか。

イツキはアキカの語り掛けに、初めて表情を崩した。

それは嘲笑《ちょうしょう》。イツキは呆れたように、アキカを笑ったのだ。

「交渉を持ち掛ける気か? 交渉に易々と応じたあの駄犬《だけん》共と私を一緒にしない方がいい。私は誰にも唆《そその》かされん。そして、貴様は何やら勘違いしているようだが……」

イツキは腰の刀を抜き放つ。

「私は元の世界に帰りたいなどと、一度たりとも思ったことはないッ!」

「……いきなり刀を抜くような人とは、話し合いの余地はなさそうですね」

アキカは指輪型の魔具《ヴィグロス》をかざすように手を伸ばす。

戦う気か！

アキカのアルマが激しく渦巻き、周囲に言い知れぬ圧力を生み出す。そして、アキカは口を素早く動かし呪文の詠唱を始め……。

どさり。

そのまま魔法を発動させることもなく、その場に静かに崩れ落ちた。

「……アキカ？」

倒れたアキカの隣には、瞬きする間も与えずに、音もなく動いたイツキが立っていた。

馬鹿な。あれ程の距離を、全く気取られずに移動したのか!?

「安心しろ。貴重な天使、殺さずに連れ帰るよう指示を受けている。気絶させただけだ」

「おい明華、冗談だろ!? お前、何してんだよ!?」

アキカは動かない。ウスハの必死の呼び掛けにも応じることなく、その場で倒れ伏している。

そんな馬鹿な。イツキはここまでの力を持っているのか!?

完全に予想外、想定外だ。アキカがこんなに早く倒されるなんて。

「ふざけた規模の大砲をぶち込もうと企んでいたようだが、詠唱などという無駄な動作があれば、私に追いつけるはずもない。攻撃に三秒も時間を掛けているようでは、私の前では十回死ぬぞ？　もう聞こえてはいないか」

「くっ、おのれ！」

俺は剣を構え、イツキに切りかかろうとした。しかし、それは許されない。

「『構える』。その動作がある時点で五回は死ぬぞ」

一瞬。俺が剣を抜き放ち、身体の前に持ち上げるまでの間に、俺の剣は五回斬られていた。五つの線が入った剣は、カランカランと地面に転がり落ちる。

「な……」

イツキは俺に目もくれず、通りすがり際《ぎわ》に強烈な足払い。一瞬で世界がひっくり返り、俺は地面に倒された。

強すぎる。

「付術。アルマで事象を引き起こす魔法とは違い、『アルマで物質に性質を付加する』魔導。硬くする、強くする、そんな単純な操作しかできないが、詠唱の必要もなくアルマコントロールだけで成し遂げられるこの魔導は、『速さ』で魔法を圧倒する！」

イツキは自らその力を明かす。そして、その上で勝利を宣言した。

「ノロマな魔導士風情が私に勝てるものか。付術なしで、私に勝てると思うなよ？」

付術とは、魔法よりシンプルでサポートシステムのない魔導。それゆえ需要が低く使い手も少ない。

まさかそれがイッキの武器だとは思わなかった。

付術は確かに使用者の身体能力向上などの力を与えるが、発動に必須なアルマコントロールはかなりの難関。しかもわずかに重いものを持てるようになる程度の効力しかないはずだ。

目にも止まらぬスピードの実現、剣を斬り裂く程の斬撃《ざんげき》を繰り出す力、そこまでの強化が本当に可能なのか？

これが天使、全てを圧倒する存在……。

不味い。このままでは！

「貴様も天使か？」

イッキの声色が変わった。何事かと、俺は声の方向を向く。

グゼ様の前に、グゼ様を庇《かば》うように立つウスハがいた。

「黒髪黒眼、しかし貴様からは気迫が感じられない。アルマの反応も弱い。本当に天使か？」

「天使じゃねぇよ、クソッタレ！」

ウスハは震えていた。

怯えた様子で、それでもイツキを睨みつけながら。

「震えているぞ。天使でないなら、一般人なら去れ」

「うるせぇ！　グゼさんには指一本触れさせねぇぞ！」

「そこまで存在が希薄なくせに、そいつを守ろうと？」

イツキは嘲《あざけ》るように笑った。

「笑わせるな！　見栄など張らなくていい、とっとと逃げ帰れ！　……ああ、貴様、そいつに騙されているな？」

イツキは再び一瞬の足払い。ウスハを楽々地面に転がす。まるで服についた埃《ほこり》を払うかのように、易々と。

何故ウスハは本気を出さない、不味い、不味いぞ！

「させ、ん……」

俺は立ち上がろうと力を入れる。しかし、足が動かない。

「無駄だ。貴様の足、しばらくは使い物にならんぞ。そこでゆっくり見ているといい」

イツキが冷酷に俺を見下す。こいつが何かしたのか⁉

イツキはアキカ、俺、ウスハを易々とねじ伏せ、グゼ様に迫る。

「グゼ。貴様は相変わらず下劣《げれつ》な奴だ。またその容姿で他人を唆《そそのか》し、利用しているのか」

「イッキ……」

「私の名前を気安く呼ぶなッ！　この外道《げどう》が！」

「貴様、グゼ様に何を！　貴様にグゼ様の何が分かるッ！」

「分かるとも！　こいつは他人を利用し食い物にする、醜《みにく》く卑劣《ひれつ》な下衆だ。やはり、あのとき、生かしておくべきではなかったか！」

スッと刀をグゼ様の首元に押し付けるイッキ。こいつ、まさか本気で⁉

俺は動かない足を引きずり、叫ぶ。何を叫んでいたのか、分からない程に無我夢中で。

何故俺は守れないのか、大切な人を。村を守れなかった俺を救ってくれた、たった一人でさえも、どうして俺は守れないのか！

「死ね」

イッキが冷酷に死を宣告する。もう駄目かと思った。しかし、意外な形で救いの手は伸びた。

「イッキ様！　お待ちください！」

その人影は、ノトス砦から現れた。

腕を押さえ、傷の付いた顔を歪ませるその男は、イッキの名を叫びながら駆け寄って来た。イツキは手を止め、その男が近寄って来るのを待つ。

「アニード。なんだ?」

「命までは取らなくともよろしいでしょう⁉　王の下に連れていき、話を聞くだけでも……」

「何を甘えたことを言っている、アニード?　貴様、まさかこいつに唆《そそのか》されたのか」

「違います!」

その男、ノトスの騎士団の幹部アニードは、必死の形相で訴える。

「グゼ様は、立派な人間に成られました!　『あの時』よりもずっとお強く、ずっと逞《たくま》しく、高い志を持って変わられたのです!　今のグゼ様が、テラスを率いた反逆など企てるはずがございません!」

「……やはり唆されているな」

「違います。グゼ様の働きは、地方の各村でも話題になっております!　これは紛れもない事実!」

「アニード。貴様、腕一本じゃ足りないようだな」

イツキが鬼の形相で、アニードの胸倉《むなぐら》を掴み上げる。その鬼気迫《ききせま》る表情が、どこからくるものなのか。俺は理解できずに恐怖した。

「こいつは危険だ。だから殺す。王のため、国のために。騙されるな。こいつを王に近付けたら、この国は終わるぞ！」

「何故頑なにグゼ様を拒むのですか！」

アニードが次はその表情を険しく作り替えた。

「何故、『ご兄妹』に、それ程冷酷に手を掛けられるのですかッ!?」

兄……妹？　グゼ様と、イツキが、兄妹？

俺は唖然としていた。

イツキはアニードの言葉に、ますます顔を歪める。

「貴様！　減らず口をッ！」

グイッとアニードの身体を引っ張り、地面に放り投げるイツキ。そして鬼のような眼をグゼ様に向けた。

「イツキ様、グゼ様は昔のような弱い人間ではありません！　お願いします、踏みとどまってください！」

「黙れ黙れ黙れぇ！　こいつと兄妹？　だから殺すな？　笑わせるな！　私は昔からこいつのことが大嫌いだったんだよッ！」

「イツキ様ッ！」

イツキは怒りに身を任せ、その刀を勢いよく振り抜く。

ズバッ！

そして、イツキ目掛けて飛んできた岩の塊《かたまり》が真っ二つになる。

「な⁉」

「小癪《こしゃく》な！」

イツキはその方向を睨む。そこにいたのは……。

「あれま。防がれちゃいましたか」

「アキカ⁉」

「明華！　お前、やられた振りとかしてるんじゃねぇよ！　びっくりしただろうが！」

アキカ。倒されたはずのアキカが、平然とした表情で立っていたのだ。

「まさか、まるで平気とは。なかなか頑丈《がんじょう》なようだな。さすがは天使といったところか」

「イツキさん。あなた、結構小物ですね？　私は別に頑丈じゃありませんよ。もしかして
お気付きでないんですか？」

「何？」

アキカは笑う。余裕の表情で。いや、とても恐ろしい笑顔で。

「逸らしたんですよ。あなたの一撃を」

「馬鹿な。何を言って……」

「いやぁ、いきなり飛びかかってくるのでびっくりしましたよ。でも、首筋を打つ感覚ぐらい、把握できませんかね？　思いっきり逸らしたのに気付かないなんて」

イツキが唖然としている。何を言っているのかさっぱり分からないといった様子だ。

恐らくはその時点で、イツキはアキカに遅れを取っているのだろう。

アキカは、ただの魔導弾薬庫ではなかった。

「あいつに接近戦を挑むとか、相手もバカだろ」

「それはどういうことなんだ、ウスハ？」

ウスハは「よっこいしょ」と身を起こしながら、溜め息を吐いた。

「まだあいつも不慣れな魔法で喧嘩売った方が、可能性はあったたってことだよ」

不慣れ？　あの規模の魔法を使っているのに？

そういえば二人は異世界から喚び出された天使。こちらに来てからまだ日が浅い。

「しかも手の内を晒《さら》すとか、明華の前じゃ絶対にやっちゃいけない」

ウスハのなんとも言えない表情。

「あいつはスグに真似るんだよ。相手の技術を何でも。あいつに心を折られた格闘技の先生がどれだけいると思う？　あいつは理不尽なくらいに天才なんだよ」

「……え？」

イツキの顔が再び歪んだのは、その直後だった。歪む、といっても表情を変えたわけではない。

アキカの拳が、本当にイツキの顔を歪めたのだ。

「ぐがっ⁉」

イツキの身体がゴロゴロと転がる。地面に倒れ伏したイツキは、何度も繰り返し瞬きをした。自身に起こった現実を受け入れられていないようだった。

そして顔を上げ、改めてその現実を認識する。

悪魔の微笑みを浮かべる、理不尽な天才を前に。

「付術、戴きました♪　さて、早く立ってください。私は今、とてもがっかりしているんですから」

アキカはパキパキと指の骨を鳴らし、首を可愛らしく傾ける。

その恐ろしい威圧には、俺も震え上がらずにはいられなかった。

「兄様の力も見抜けないなんて。せっかくやられた振りをして、兄様の勇姿を刻み込もうとしてたのに、あなた、兄様の当て馬になる価値もないですよ？」

イツキがわなわなと震え、その表情を憎悪に染め上げていく。

「当て馬……？　当て馬だと！　貴様ッ！」

「立てって言ってんだよ、この外道」

今までとは違う、少しだけ低い怒りに満ち溢れた声に変わるアキカ。

「一発じゃ足りないわ、やっぱり。泣いてグゼさんに謝るまで、ボッコボコにしてあげる」

「私を舐めるな！　殺す、殺す、殺してやる！」

イツキが立ち上がり、刀を揺らす。

それを鼻で笑うように見下し、アキカはちょいちょいと手招きした。

「ほら。かかってきたら？　この小者」

「うおおおおおおおおおおッ！」

互いに怒りの炎を燃やし、二人の天使が激突する。

ノトス騎士団騎士アニード

『天使の伝承』。

ノトス王家の書庫で、その書物を王が見つけ出した時からノトスは変わった。

騎士の末端である私には多くが語られることはなかったが、伝承は大体こんな感じだったそうだ。

異形の怪物が支配する大地。かつてそれがテッラにあったという。

ある魔導士が偶然見つけたその儀式で、黒髪黒眼の天使は舞い降りた。

天使はまだ幼かった。子を生《な》せなかった魔導士は、とても大切に天使を育てた。

天使はとても頭がよかった。

みるみるうちに魔導の心得を吸収していく天使の力は、気付けば魔導士を大きく超えていた。

そして、育ててもらった恩返しにと、天使は一人で怪物退治に向かったという。

天使は怪物を討ち滅ぼし、世界には平和が訪れた。

お伽噺《とぎばなし》のような話だ。一人で世界を支配する怪物を討ち滅ぼす、そんな人間がいるものなのか？

しかし王は何かにとり憑《つ》かれたかのように、書庫から伝承に絡んだ書物を探し、読み漁《あさ》ったという。

そして、断片的な儀式を寄せ集め、遂にご自身の手でその儀式を解明したのだ。

当時、両親に早くに先立たれ若くして王の座に就いたあの方は、もしかしたら欲していたのかもしれない。世界を揺るがす程の力を。

若き王は侮られていた。そしてその命はいつも危機に晒されていた。私を含め、一部の心を許せる相手にしか、王は口を開かなかった。

王は一部の信頼する魔導士を集め、秘密裏にその儀式を執《と》り行ったのである。結論から言うと、儀式は成功した。思わぬ結果と共に。

なんと、黒髪の天使は二人現れたのだ。

天使イツキは、刀型の魔具《ヴィヴロス》『パラドスィ』を片手で構え、目の前の天使アキカを捉える。

「付術を覚えた？　馬鹿にするな！」

「馬鹿にしてませんよ。原理は魔法よりももっと簡単。欲しい性質をイメージして、それをアルマに投影するだけですよね？　構成する必要がないから、魔法みたいに呪文の設計図は要らない。だから速い。その分、身体や武器という器からはみ出せない、自由度の低い魔導とも言えますけど」

アキカは簡単に語り、その手にアルマを宿して見せる。それはまごうことなき付術。

原理は大方アキカの述べた通り。肉体を動かす動力としてアルマを特化させた魔導。それこそ言えば簡単だが、そのアルマコントロールを覚えるのには相当な時間が掛かる。それこそ、サポートが多々存在する魔法と比べると、取っ付きにくい技術であることも事実。

実際にそれを扱えるのは、一部の騎士の家系や、限られた国の兵士程度。決して一朝一夕で身に付くものではない。

イッキも初めて発動させるのに三日を要した。それでも歴代の付術使いのなかでは、トップクラスのスピードである。

そして、六年の研鑽《けんさん》により磨きあげられたイッキの付術はノトス一、いや、世界でもトップクラスのはずだ。

そのイッキが、油断していたとは言え捉えきれないスピードの付術移動。やはりアキカも天使だ。しかも、下手をしたら……。

イッキよりも上位の天使?

「随分と回る口だな！　すぐに削ぎ落としてやるッ！」

イッキは怒りの炎を燃え滾《たぎ》らせながら、脚にアルマを集中させる。一瞬で成し遂げた脚の諸機能の強化。全てを凌駕《りょうが》する『天使の脚』が、地面を抉《えぐ》るように踏み付ける。

その速度、長く見慣れた私がようやく目で追えるレベル。普通の人間やテラスでは、目で捉えることなど不可能だろう。

やはり、天使は一味も二味も違うということか。

アキカのアルマの流れが瞬間的にその目に移動する。いや、正確には流れが無数に分岐し、その身体の各所に複雑に、細い糸を張り巡らせるように分散する。その中で、目に集まったアルマは黒い瞳を輝かせた。

トンッ。

足が軽く一歩後ろに引かれる。身体を軽く傾けたその動作は、イツキの袈裟《けさ》斬りをスレスレの所で避けていた。

空を切るイツキのパラドスィ。イツキの顔に驚愕の色が浮かび上がる。殺す気の、必殺の一撃がひらりと涼しい顔で躱《かわ》され、動揺があったのは確実。しかし、イツキはこの程度で手を休める程甘くも弱くもない。

声も発さず前進。わずかにずらされた距離を詰め、グンとその顔をアキカの傍に近づける。来る！

「阿修羅《あしゅら》」

イツキの剣術の恐ろしさが付術の技にあるのは確かである。しかし、それだけが能力を象徴するものではない。

イツキが編み出した『魔導剣術』。その恐ろしさは、言うなれば複数魔導の混合使用にある。

イツキが短時間で唱えた、高速移動の間に詠唱の終わる呪文は、魔具《ヴィヴロス》の呪文短縮の効果に加え、付術による高速化も加わり、一瞬で繰り出される。

付術の強化を詠唱高速化に用いる技術は、完全にイツキのオリジナル。付術と魔法を同時発動させることは超難解で、常人に真似することの叶わぬ達人技だ。

それにより展開されるのは、無数のアルマの刃。

イツキは近接状態からアキカを串刺しにせんとする。不意を突く必殺の一撃、しかしどうやら不意打ちになっていなかったようだ。

スッ。

それはまるで幻であるかのように、アキカの身体がイツキの横を一瞬ですり抜ける。イツキの攻撃、それに合わせて、アキカも同時に前進したのだ。するりと横を通り過ぎるアキカは、再び突き出された刃をすんでの所で回避する。

互いに背中が向き合ったその瞬間に、イツキはアキカが回避したことに気付き、振り向きざまに刀を薙ぎ払う。

しかし何も捉えることはできず、その視界に映ったのは、かなりの距離を取ったアキカが悠々とイツキを振り向く様子だった。

「逃がすか！」

イツキが眉間《みけん》にしわを寄せ、再び駆け出す。

未だに魔法『阿修羅』の効果は持続し、その突きつける刃は全部で六枚。イッキは駆けながら身体を捻るようにしてそれら全ての刃を振り回す。イッキの曲芸じみた剣術『六刀流』だ。

容赦なく迫る六つの刃。

「フリューゲル」

その瞬間、アキカがふわりと上へ『翔《と》んだ』。光の翼を背負い、イッキのリーチから離れるように。

「な……魔法!?　呪文も唱えずに、どうやって！」

「面白い動きを見せてもらったので、ちょっと私も一発芸を披露《ひろう》させていただきました」

驚愕し、空に浮かぶアキカを見上げるイッキに、アキカは口元に指を当て、ぎゅっと唇を結ぶ。

「口の動きで呪文の詠唱を確かめるの、やめたほうがいいですよ？」

「ふ、腹話術……!?」

アキカは口を閉ざしながら、言葉を発した。そう、彼女はその口を閉ざしたまま、イッキとの交戦途中に淡々と、小声で呪文詠唱を行っていたのだ。

そして、不意を打つ形でその魔法を発動させた。

イツキは、敵が空を飛べる相手でも問題なく対処できる技術を持っている。ただ、あまりに突然だったため微《かす》かに怯《ひる》んだ。

その隙が、アキカに一転攻撃チャンスを与える。

アキカの詠唱が堂々と行われる。その素早く動く口、そこから呪文の複雑さと長さが窺《うかが》える。

一体どれ程の規模の魔法を発動させようとしているのか。

辺りを雷雲が覆い尽くす。ノトス砦一帯が暗闇に落ちる。そして、暗雲からゴロゴロと轟音が漏れ出し、アキカは手を振り下ろした。

「ヒリャ・ケラヴノス」

カッ！

その強烈な閃光と共に、雷雲から無数の光線が降り注ぐ。それは百、いや数百？　数え切れぬ程の細い雷が、まるで意思を持った蛇のように、うねりながらイツキ目掛けて落ちてくる。

「安心してください。威力を分散した雷です。当たっても……多分ビリビリするだけですよ♪」

「ぐっ、何だこの規模は!?」

雷の針は、実際の雷よりスピードは劣るものの、それでもかなりの速度で降り注ぐ。イツキは走り、その雷を回避せんとする。

しかし数が数だった。雷の一発がイツキの腕を掠める！

「がッ⁉」

バチィッと音を立て、イツキの服が焦げる。本当に命を奪うまでのダメージはないらしいが、イツキが呻く程度のダメージはあるようだった。そして、雷はまだまだ止まらない。ダメージを受けた隙は、さらなる雷の接近を許す。

「舐め……るなぁッ！」

イツキは身体を振り回し、六つの刃で雷を迎え撃つ。

振り回す刃で、かなりのスピードの雷の針を切り刻む。雷を斬る、そんなふざけた芸当を成し得るのも、イツキが天使である故か。

無数の雷を操る空飛ぶ天使と、雷を斬る六刀の天使。その浮き世離れした戦いを目の当たりにして、私は声を発することさえできなかった。

「フッ！」

イツキは雷を処理したことで平静を取り戻したのか、その目を鋭く光らせ、上空のアキカを睨みつける。そして、その刀、パラドスィを構え、反撃に移る。

「翔龍乃滝《しょうりゅうのたき》」

六つの刃のうち、アルマで形成された五つが砕け散る。

イツキは刀を勢いよく振り上げた。その斬撃は形を成し、まるで天に昇る龍のように、上空目掛けて伸びていく。

アキカは眼前に迫るそれに対し、背中に生やした翼を一回だけ大きく羽ばたかせた。すると、斬撃は勢いを失い、アキカの腕ひと振りでかき消される。

「何故ッ……！」

「さぁ、自分で少しは考えたらどうですか？」

アキカがそのまま急降下する。

何故、ここにきて間合いの利を捨てるような行動に出る？

イツキも迫り来るアキカを迎え撃たんと、迎撃の態勢を取る。

イツキの剣術、接近戦において無敵を誇るその力を前に、いくらなんでもまともにぶつかって勝てるはずがない。

たとえ常識はずれのスピードでも、正面からならばイツキは容易に迎撃するだろう。

「馬鹿正直に、そんな動きが通用するとでも……」

「思いますよ？」

そして、接触。

イツキは目にも留まらぬ斬撃を放ち、アキカはそれを避けた。なんの工夫も策もなく、ただ、高速の急降下途中で身を逸らして、刀の軌道から外したのだ。

それは最も残酷な事実。

アキカは単純に、イツキの攻撃を完全に見切ったのだ。

地面に下り立つと、アキカはすぐさま刀を握るイツキの手を制す。

イツキは慌てて空いた手をアキカに伸ばすが、それすらもアキカに制される。次の瞬間、何故かイツキの身体は地を離れ、宙《ちゅう》を舞っていた。

一瞬で何が起こったのかは分からないが、アキカはイツキを投げ飛ばしたのか。

身の丈はイツキを下回り、その細身はとても力があるようには感じられない。しかし宙を舞い、そのまま地面に叩き落とされるイツキの姿が、その信じ難い事実を示していた。

アキカはいつの間にか奪い取ったイツキの魔具《ヴィヴロス》、パラドスィを握っていた。今の遣り取りの間に、掠め取ったとでも言うのか？　アキカはそれを深々と地面に突き刺し、仰向《あおむ》けに倒れるイツキを見下ろした。

「まだ、続けますか？　もう十分に差は見せつけたと思うんですが」

圧倒的。アキカに見下ろされ、イツキの表情が引きつっていくのが分かる。

勝敗は決した。

天使イツキと天使アキカの勝負は、アキカの圧勝に終わったのだ。

イツキは、顔を歪め、口を開いた。

「お前らは何も分かっていない」

声が震えていた。それは怒りか、それとも恐れか。イツキは負け惜しみにしか思えないような言葉を叫ぶ。

「グゼに騙されているんだ！」

「この期《ご》に及んでまだ下らないことを……」

アキカの表情が冷めていく。イツキはそれでも叫び続ける。

「そいつは、お前らを利用している！　綺麗事を並べて、この国に、王に、そして全てに復讐するために！」

私も黙ってはいられなかった。イツキのその頑なな言葉を前にして。

「イツキ様、何故、そこまでグゼ様を……」

「アニード！　お前まで惑わされているのかッ⁉」

その時だった。

一つの声が、ノトス砦前で響いた。

「グゼ、よく無事だった！」

気付けばノトス砦の門が開いている。その先から、馬に乗った一人の男が姿を現した。

男は馬を走らせ、一直線にグゼの元に近寄っていく。

グゼの近くで倒れているエクスィレオスィの構成員が、顔を上げて男を見上げた。

「あ、あなたは？」

「俺はエクスィレオスィのヴロミコだ。グゼがノトス砦にいると聞いて駆けつけた！

さっきの雷雲の魔法を察知して、ノトス軍が向かっている。早くこっちへ！」

「ヴロミコ、ありがとうございます！　少し、待ってください……」

グゼは倒れる構成員の男、アルムに近寄り、その治癒術で瞬時に足を治療する。そして、
ヴロミコはグゼとアルムの二人を、軽々と馬の上に引っ張り上げた。

「ちょ、ちょっと待ってくれ！　まだ二人が……」

「私達なら大丈夫ですよ！　兄様一人なら抱えて飛べますので！」

「飛ぶ？　それに二人というのは……」

ヴロミコはアキカとウスハ、二人の天使を見て怪訝な表情を浮かべたが、グゼに耳打ち
されて事態を呑み込んだようだった。

「そうか、すまない。我々は先に向かわせてもらおう！」

「グゼさんをよろしくお願いしますね！」

「アキカさんもウスハさんもお気を付けて！　お先に失礼します！」

ヴロミコに連れられ、グゼとアルムがノトス砦を越えて進んでいく。それを睨みながら、イツキは声を荒らげた。

「退《ど》けぇッ！　あいつを今すぐ止めなければ、あいつを追って殺さないと！」

「そんなこと言われて、私が退くと思いますか？」

「聞け、お前らは騙されている！　本当に、あいつはこの国を……」

「なんの根拠があってそんなことを言うんですか？」

アキカに胸倉を押さえつけられ、必死でもがくイツキが叫ぶ。

「お前らは何も疑問に思わないのか⁉　あいつは私と同じ天使だ！」

「そういえば兄妹、とか言ってましたけど……」

アキカが「それが？」といった様子でイツキを睨む。

「あいつはそのことを隠していた、違うか⁉」

「そうですね」

「何故隠す必要がある⁉　お前らは元の世界に帰るため、他の天使との接触を求めていたはずだ！　なのに何故、あいつは自身が同じ境遇にあることを語らなかった？」

わずかにアキカとウスハが反応を示した。

「それは……」

「知られたら都合が悪いからだ。あくまで治癒術しか使えないか弱い存在であることを示し、自身が危険な存在であることを隠すためにな！　そして、奴はその仮面で多くの人間を欺き、統率し、国へ牙を剥こうとしている。さらには、その治癒術でテラスも多く手懐けている」

「お前いい加減にしろよ！　たったそれだけで、グゼさんがなんで悪人になるんだよ⁉　別に天使だと名乗らなかったのだって別の理由が……あんなに優しい人が、そんなわけないだろうが！」

　ウスハの必死の言葉に、イツキは唇を噛み締めた。

「……やはり、騙されているな。あの、『糞兄貴』に！」

「え？」

　アキカとウスハは、唖然として声を漏らした。

救済団体エクスィレオスィ構成員アルム

天使の二人、そしてこの男ヴロミコの助けにより、俺とグゼ様はノトス砦を突破して、首都パラディソスへ向かっていた。

「あぁ、グゼ。無事でよかったよ、心配したんだぞ？」

「ありがとうございます、ヴロミコ」

グゼ様を呼び捨てにするヴロミコ。親しい仲なのだろうか。初期からのメンバーだったり、そういう関係か？

「イツキは止まった。これで存分に行動に移れるというわけだ」

ヴロミコの言葉に、グゼ様は笑った。

今まで見せたこともない、とても楽しそうな笑顔で。

「はい！　本当なら、もっと早くに王城に着くはずでしたが……イツキちゃんにうっかりバレてしまったのが災いしました」

「グゼ様？」

その笑顔に、俺は思わず身震いした。

何故だ？　何故、グゼ様の笑顔に、俺は恐れをなしているのだ。

「だが、そのお陰で下準備が念入りにこなせた、違うか？」

「はい、そうですね。ノトス全体に、十分過ぎる程に『種』は蒔《ま》きました。後は王城で、王の目の前で、『花』を咲かせるだけですね」

「グゼ様。一体、なんの話を？」

「ああ、アルムさんは知らないですよね」

聞いてはいけない。俺の本能がそう告げていた。俺の描いていた理想、それとは大きくかけ離れたグゼ様の笑顔。それが不吉な空気を漂わせていた。

「これから私達はノトス王に宣言しに行きます。ノトス、並びに世界の改変を」

「世界？」

跨《また》がる馬が、徐々にその姿を膨れ上がらせる。黒い鎧に包まれた、不気味な化け物へと姿を変えた。

グゼはテラスを従えて、ノトスへの反逆を企む罪人――。

そんなはずはない。この人は優しい方だ。テラスにも等しく愛を与える、とても優しい人なだけだ。

「間違いは正す、そうすべきですよね？　けれど、力で私達を否定する者には、言葉という武器は通じないのです」

力で否定されたら、あなたは一体何をするつもりなんですか？

「しかし、血を流せばそれは彼らと同じ。私達は血を流さずに思い知らせねばなりません」

思い知らせる？　血を流さずに？　どうやって？

「無血革命。それこそが私達、エクスィレオスィの終着点」

馬の正体は黒い馬型テラスだった。鼻息荒く駆けるその姿は、とてもグゼ様には似合わない。

「アルムさんは黙って付いて来てくだされればいいのですよ。あなたが私を助けに来てくれたとき、とても感激しましたから。あなたには、最も中心に近い位置で見てもらいましょう」

グゼ様がその長い髪に指を通す。一気に手を振り払うと、髪はたちまち色を変えた。

美しく清らかな『白』から、暗く、闇を象徴するような『黒』へと。

「眩い表面しか見れない愚者《ぐしゃ》が滅び、ノトスが生まれ変わる様《さま》を」

黒い髪をなびかせ、黒い瞳を俺に向けたグゼ様。それらは、イツキとはまた違った恐ろしさを秘めていた。

「多数という衣に身を包み、高きから弱きを見下す者達に償いを。それが私達、虐げられる者達の集まり『エクスィレオスィ』の目的」

空が黒く染まり始めた。空を覆うのは無数の飛行型テラス。

「……少し、早いのではないですか?」

「いや。あの雷の魔法で国も気付いたようだからな。予定変更だ。何、グゼ。お前の手を汚させたりはしないさ。心配せずとも、お前の無血革命は邪魔しない」

「当然ですよ。あなたは私を理解してくれていると、信じていますから」

「たとえ『テラス』といえども、俺達は命の恩義を忘れたりはしない」

テラス? どういうことだ、まさか、この男、ヴロミコも!?

「そう。テラスです」

俺の心の疑問に答えたのは、漆黒の瞳で俺を縛り付けるように見つめるグゼ様だった。

「ヴロミコも、今私達を運んでいるベゲモートも、空を覆い尽くすミラも、アルコも、コルジャも、コラキも……」

「グゼ、さすがに全員の名前を語っていたら、ベゲモートの足だとパラディソスを通り越して、王城までぶち抜いてしまうぞ?」

「ですね。残る同志には申し訳ありませんが、紹介は後にさせていただきましょう。アルムさん、そんな恐れた表情で彼らを見ないであげてください。あなたもフィールという、私に心を開いてくれたテラスと、もう会っているでしょう？」

　確かに会っている。しかし、何故、こんなにも恐ろしいと思ってしまうのか。何故、あれ程敬愛していたグゼ様に俺は怯えているのか。

　グゼ様は変わらない笑顔で、昔からよく見せてくださっていた笑顔で、俺に優しい声をかけてくれているのに。どうして？

「アルムさんも人間側の同志の皆さんも、傷付けたりしません。当然、苦しむ人々達も。ただし、それを軽んじる聞き分けのない人達には、傷付けはしませんが、相応の償いを受けてもらいます。だから心配しないでください、ね？」

「グゼ様。あなたは、全てを救うのではないのですか？」

「救いますよ。余すことなく、全て」

「ああ、見えてきたぞグゼ。俺達の、新たな世界を作り上げるための出発点が」

「いいえ。あれは終着点。今までの腐《くさ》った『形』だけの世界の」

　首都パラディソスが見えてきた。その上空には無数のテラス。

　そして、周囲に迫る陸上型のテラス、人型のテラス。その規模は既に戦争といっても過言ではないまでに膨れ上がっていた。

　グゼ様は、何を考えている？　俺は、何を信じればいい？

「アルム。お前の気持ちはよく分かる。確かにお前の思い描いていたグゼの革命と今の光景は、大きく違って映るだろう」

迷いを抱いた俺に、そのテラス、ヴロミコは語りかける。

「だが、あそこに集うテラス達が、お前達人間が、グゼの下に集ったのは何故か、考えて欲しい」

グゼ様を信じた理由、それはグゼ様が俺達を救ってくれたから。あのテラス達も、フィールと同じように、グゼ様に救われたから。

「形に囚われるな。本質を見ろ。グゼの求めるものは、そこにある」

本質……？

「ヴロミコ。アルムさんに余計なことを吹き込まないでください。私は何かの教祖になるつもりなどありません」

「それは失礼した。そう膨《ふく》れるな」

迷い、口を噤む俺に、グゼ様は微笑み掛けてくれた。

そのとき、俺はこのグゼ様はいつもと変わらぬグゼ様なのだと察した。

迫る首都。

門に残っているのは、テラスを恐れて慌てふためく門番のみ。

「計画変更、強行突破。グゼ、アルム、しっかり掴まっていろ！　目指すは王の間。いや、『救世《グゼ》の聖域《せいいき》』！」

「さぁ、ノトスの、テッラの、プルトナスの……未来を変える無血革命。今こそ始めましょう！」

俺達を乗せた巨大テラス、ベゲモートはパラディソスの門を突き破る。

グゼ様の訪れを祝福するようなテラス達の雄叫《おたけ》びと共に、ノトスの、世界の歴史を変える、無血革命がその幕を開けた。

黒髪の天使イッキ

才羽済《サイバイツキ》。

六年ちょっと前までの私の名前。当時、私は十四歳だった。

その頃の私は自分に絶望していたことを覚えている。

私は自分が女であることを恨めしく思っていた。

当時から私が励んでいたのは剣道。竹刀《しない》を握り、毎日練習を欠かさない剣道少女だった。

いや、少女とは言い難いかもな。そんな可愛いものでもなかった。

そして、私は努力の割には結果が付いてこない……まぁ、恵まれないタイプだったわけだ。

頭の中では分かっている。どう動けばいいのか、相手はどう動いてくるのか、全てが見えている。しかし、身体が付いてこない。相手の動きに対応する動きが閃こうとも、それが実現できるスペックが私にはなかった。

何と恨めしいことか、この身体は。

当時、圧倒的な強さを見せていた——名前ももう忘れたが——同学年の男子に、私はいつも嫉妬に満ちた視線を送っていたのを覚えている。

私も男に生まれてくれれば。

そう思ったことは一度や二度ではなかった。そしてそれは、決して自分の運動能力の低さからくる絶望ではなかった。

私の二つ上の兄、才羽救世《グゼ》。間違えてはいけない。あいつは姉ではない、『兄』だ。

あいつは男らしからぬ容姿を持っていた。それは幼少時から顕著《けんちょ》で、酷く少女的で可愛らしかった。

幼稚園の頃、しょっちゅう男に好かれ困った顔をしていたのを、幼かった私も覚えている。

そして、私が小学三年の頃だったか、同じクラスの男友達に、「お前の姉ちゃん可愛いよな」と言われた。「姉じゃなくて兄だけど」なんて答えたら、「冗談よせよ」という感じだった。

その後本当だと分かって、奴らが鼻をひくひくさせていたのには笑えた。

あいつは自分のことを進んで話さないので、当時の仲間から聞いたのだが、クラスでは女子のなかで人気ナンバーワンの座を常にキープしていたとか（男子だが）。いや、学年を跨《また》いで相当の美少女（少年だが）として通っていたという。

そんな兄を見ていたから、そんな兄と比較されてきたから、私は女である自分を恥ずかしく思っていた。

妹より少女らしい兄。その存在は兄より少年らしい私と比較され、私は女らしくないことを度々笑われた。

「救世さんの方が可愛い」「救世さんの方が女っぽい」「お前は男らしい」……これらの言葉が私に、兄に対する、女としての劣等感を刻み込んでいった。

加えてあいつはとても病弱で、今にも散ってしまいそうな儚い花を思わせた。だから、私はいつも兄に何かがあると助けていた。あいつは持て囃《はや》されてもいたが、苛《いじ》めのターゲットになることも少なくなかった。女みたいな男、格好のターゲットだろう。

そして、反撃する力もない貧弱な兄を、私はいつも守っていた。ガキ大将（少し古いか？）

と呼ばれるような年上の悪餓鬼を相手取り、生傷絶《なまきず》えぬ喧嘩を繰り広げたりしたものだ。

弱く、女々《めめ》しい兄が恨めしかった。

女として私よりも高みに立つ兄。弱くて私を守ってくれない兄。いつも私が守らないと生きていけない兄。それでもいつも穏やかで私に微笑みかけてくる兄。喧嘩をした私を、私だけの問題であるときも庇ってくれる兄。とても優しい兄。私の嫉妬も、笑顔で受け止める兄。

全部大嫌いだった。あいつを見れば見る程に、自分が女として不できだと思えてきた。

私達は生まれて来るのに失敗したのだ。

本当ならば、私が兄であるべきだった。あいつが妹であるべきだった。

生まれてくるのに失敗した私は、失敗だと分かっているのに笑っていられる兄が大嫌いだった。

なんて理不尽な怒りなのだろう。私も分かっていた。でも、受け入れられなかった。

そして、中学生になった時から、あいつは変わってしまった。私が大嫌いで憎らしくて忌々《いまいま》しいあいつに変わってしまった。

以前のあいつは少年だった。髪の毛を無駄に伸ばしたりはしないし（それでも好みの問題で多少は長めだったが）、一人称も「僕」。スカートを履きたいなんて言ったりしない、ごく普通の少年。ただ、両親が買ってくる服が、少女っぽさを含んでいるから少女に見えるだけ。

あいつは女っぽい自分を嫌っていた。そして、弱々しくも自分の容姿に流されないでいた。

あいつが中学生になって一ヶ月たった頃、あいつの髪が伸び始めた。

あいつが中学生になって二ヶ月たった頃、あいつの仕草が女っぽくなってきた。

あいつが中学生になって三ヶ月たった頃、あいつは「私」と言い出した。

あいつが中学生になって四ヶ月たった頃、あいつは笑顔で頬を染める男と話をしていた。

あいつが、あいつが、あいつが……どんどん女になっていくようだった。

綺麗と言われて、あいつはありがとうと言った。可愛いと言われて、あいつは照れた。

女の子より女の子っぽいと言われて、あいつは笑った。

あいつは受け入れ始めていた。あいつは認め始めていた。自身の女らしさを。そして、それを喜び始めていたのだ。

そしてあいつは利用した。女らしさを男に向けて、自らに降りかかる火の粉を振り払った。

笑顔で、笑顔で、笑顔で、笑顔で、笑顔で、笑顔で。

卑劣、姑息《こそく》、醜悪《しゅうあく》……許せなかった。男でありながら女の武器を振りかざす、姑息で卑怯《ひきょう》な兄が憎たらしかった、忌々しかった、目障《めざわ》りだった、大嫌いだった！

押せば倒れる程にか弱かった。なのに男だ。

私とは比べ物にならないくらいに美しかった。なのに男だ。

男なのに女みたいだった。なのに私の成りたかった男だ！

何故、神は、こんな姑息で軟弱な兄に、男の身体を与えたのだ！

何故、神は、兄よりも強くあろうとする私に、女の身体を与えたのだ！

憎い、憎い、憎い、憎い、憎い、憎い！

私は救世と話さなくなった。救世はとても悲しそうに笑っていた。

救世は私と話をしようとしてきた。私は救世の弱々しい手を振り払おうとした。

そのとき、私達は魔法陣に囲まれていた。

繋いだ手を伝って、不思議な力が私達を包み込んだ。

それが私達、才羽兄妹――救世と済が、異世界テッラに舞い降りた日だった。


「おお、やはり伝承は本当だったか！　しかも、まさか二人も喚び出せるとはな」

私達は城の一室にいた。初めて目の前に現れたのは、何人かの魔導士と、一人の小綺麗な感じの同い年くらいの男の子だった。

彼こそがノトスの王、レークス。私の運命を変えてくれた人物である。

幼くも王位についたレークスは、私達に力を貸して欲しいと頼んできた。そして、自身の知る天使の伝承を事細かに語り、私達の立場を教えてくれた。

それに絡めてこの世界のこと、レークスのことなども、見たこともない程豪華な応接間で語ってくれた。

胸が躍った。私が天使？

「すぐに使い物になれとは言わぬ。今は取り敢えず最高の特訓環境を与えよう。充足した生活を約束しよう。そしていずれ……お前達が天使と呼ぶに相応しい力を得たときは、ノトスの、私のためにその力を貸してくれぬか？」

不安げに表情を曇らせる救世を他所に、私は高ぶる気持ちを抑えて肯定した。救世にも思うところがあったようだが、これ以外に選択肢がないことを理解したように、私を真似るように、無言で、怯えた表情で頷いた。

そこには理想があった。

付術――アルマをコントロールし身体能力の底上げを可能にする術は、私が追い求めていた、頭の中のイメージに付いていく身体を作り出すことを可能にした。

私は剣を握り、重く扱い辛い剣、それがより軽くなるよう、より上手く動くようイメージを固め、素振りを続ける。

付術は私と相性がよかったようで、書物でその記述を発見してから数日で、私は基礎を理解し始めていた。

剣を振る程強くなる。私の理想に付いていく身体をイメージし、それを付術で成し遂げる。私がずっと求めていた剣術は、次第に完成していった。

私は、この世界こそが、私の来るべき世界だったのだと、確信した。

しかし救世にとって、この世界はどこまでも不釣合《ふつりあ》いなものだった。

騎士に剣の扱いを教わろうにも、剣すら持ち上げられない。

魔導書を読み漁っても、並程度の魔法しか理解できない。

そして何より軟弱で、弱々しく、まるで使える場面がない。

次第に騎士からも王からもその力を認められるようになっていく私とは対照的に、救世は徐々に非力さを見抜かれ、役立たずの烙印《らくいん》を押されることになった。

いい気味であった。ここで問われるのは力のみ。下らない色仕掛けや姑息な策略は通用しない。救世は落ちるべくして落ちていったのだ。

やがて城内で天使を知る者は囁き始める。

グゼはイツキのオマケで、うっかり付いて来てしまっただけの……天使でもない役立たずだと。

そして、一年が過ぎた頃。

レークスはとうとう救世を見放した。

「お前のような役立たずに用はない。出て行け」

救世は笑って「はい」と言った。あいつ自身にとっても、これはよいことだったのだ。

力になれないプレッシャー。それに押しつぶされそうになりながらこの城で生きるより、
私の使命に付き合わされるより、外で身の丈にあった生活をすればいい。

私は悲壮《ひそう》に沈む救世の顔から目を逸らし、結局あいつを助けなかった。

捨てられたのに、役立たずと罵られたのに、あいつはやはり笑っていた。うっすらと、
静かに、悲しそうに。

そして、あいつは思い立ったのだろう。王への復讐を。喚び寄せておいて、役立たずだ
と罵ったレークスを、強く恨んだのだ。

気味の悪い笑顔の裏で、姑息な顔で、あいつは国を憎んでいたのだ。

二年後のことだ。国に反感を示す者を集めた組織が問題となった。

既にレークス王の右腕として働いていた私は、調査員が何人も行方を晦《くら》ませたという経
緯から直々に任務を受け、その組織、エクスィレオスィに潜入した。

なんとその中心に、あいつがいた。

髪を白く染め上げ、緑色《いろど》に彩った瞳を輝かせ、より美しく、より神々しく、女に磨きを掛けた、あの糞兄貴。

エクスィレオスィを率いる女神として、あいつは君臨《くんりん》していたのだ。

不気味なテラスと狂信者に取り囲まれて、あのときの笑顔を浮かべていた。

そして、あいつは語った。

この国は腐っている、この国は作り直さなければならない、弱者のための国を創ると。

どこまでも姑息。自身の弱さを主張し、全てを利用し復讐を果たそうとする。テラスさえも唆し、あらゆる者を欺き、ノトス改変を語るあいつの姿は天使などではなく『悪魔』のように映った。

「済ちゃん、私の邪魔を、しないでもらえますか?」

悪魔は私に微笑みかけた。あいつはとっくに気付いていた。私が嗅《か》ぎ回っていることを。

私にテラスや狂信者達が敵意を向ける。

私は咄嗟に、刀を抜いた。

テラスや人間、そこらの雑魚に私が負けるはずもなく、国に、王に、私を正しい道へ導いてくれたレークスに牙を剥く卑怯者全員を斬り捨てた。

屍《しかばね》の山をくぐり抜け、遂に悪魔に刃を突き付けた。

「……済ちゃん。そんなに私が嫌いですか？」

憂いに満ちた目で、救世は悲しげに笑った。

思えばそのとき、私があいつの首を刎ねていれば全ては終わっていたはずだった。

しかし、私は情けをかけた。今更になって、兄妹の情に流されたのだ。

「この国から出て行け。そして、二度と馬鹿な真似はするな。救世は死んだ。お前はこれから別の人間として生きて行け」

いや、情けは関係ない。私はあいつを殺せなかった。

「済ちゃんは本当は優しい子ですしね。お情け、感謝しています」

あいつは変わった。この世界に来てからではない。

あのとき、中学生になった時から、あいつは全く別のあいつになっていた。

「……さよなら。イツキ」

あいつは最後に笑った。

そして、懲《こ》りずに再び帰って来たのだ。

二人の黒髪の天使を連れて。

「放せ、私はあいつを止めに行く」

情けなくも、私は全てを白状した。

私を圧倒した天使、アキカに。

私達の過去と、あいつがノトスを恨む理由を。

アキカは身体を震わせ、私を押さえ付ける力を緩めた。それでも抜け出せない程に強い力ではあったが。なんだこいつ、女のくせにやたらと馬鹿力だな。

そして、アキカは震える口を開いた。

「グ、グゼさんが……男?」

「あ、ああ。そこか」

ちょっと驚いてる部分が違った。いや、大体合っているかもしれない。

「そ、そんな。あんなに綺麗なのに……」

「まぁ、確かに綺麗だが」

「ライバル視してたのに！」

「そ、それはお気の毒に」

……こいつには緊張感というものがないのだろうか？

こっちは真面目にやっているのに！

「そ、それはともかく。あいつにはこのノトスに復讐する理由がある！　そして、この夕イミングでやってきた、この空を覆うテラス。もう、あいつが黒なのは明らかだろう！」

「信じないぞ、俺は！」

声を上げたのは、もう一人の黒髪の天使。ウスハと言ったか。

こいつもやはり騙されている。

「分かるだろう、あいつはテラスを従えている！　そして今、パラディソスにいる王に総攻撃を仕掛けようとしている。あいつに続くように首都へ向かうテラスの大群、あれをお前はどう説明する⁉」

「そんなことじゃねぇ！」

強い言葉で私の言葉は撥ね除けられた。そして、ウスハはぐっと拳を握り、叫ぶ。

「グゼさんは女の子だ！　絶対にお前の言うことは信じないぞッ！　あんなに可愛い男の子がいるわけがないだろうがッ！」

お前もかッ！

気付けば私を押さえ付けるアキカが可哀想なモノを見るような目で、ウスハを見つめていた。

これはこれでどう声を掛けたらいいのか分からずに、私は困惑してしまった。

アキカに尋ねる。

「もしかして、救世に惚れていたのか？　アイツ」

「……はい」

「やはり騙されていたのか！」などと勢いよく叫ぶ気にもなれなかった。あそこまで頑なに現実逃避している姿を見ていると、何だかこっちが申し訳ない気分になってくる。

しかし、王の身に危険が迫っているのは事実。既に恥はかいた。ならば、もう下らないプライドになんて構っていられない！

「と、とにかくだ！　私を放せ、王の身が危ない！　私を信じられないのならそれでも構わない。だが、せめてテラスの大群が迫るこの危機から、王を私に守らせてくれ！　あの人は、私の運命を変えてくれた大事な人なのだ！」

私は懇願した。

しかし、私はさっきまで殺し合いを演じていた相手だ。今、こうして生かされているだけでも奇跡だというのに、こんな願いを聞き入れてもらえは……。

「それならいいですよ？」

「やはりダメか……え？」

「いや、いいって言ってるんです」

アキカはさらりと返す。まるで先程の戦いなどなかったかのように、平然とした様子で。

「グゼさんに手出しをさせるつもりはありませんが、それなら話は別です。今、ノトスで何が起こっているのか、それを確かめたくもありますし」

ぱっと胸倉から手を離し、私を解放するアキカ。その顔にはにやりと何かを企んでいる笑みが浮かぶ。

「私達が同行しても構わないのなら、王様の所まで行ってもいいですよ」

「同行、だと？」

「はい。私達だって、人が危ない目に遭《あ》っているのを黙って見ている程冷酷ではありませんよ。あれ程のテラスが首都に集まる事態、それによる被害を防ぐ手伝いくらいはさせてください」

アキカは遠くで地面を殴っているウスハに、にっこりと微笑む。

「兄様！　兄様も真相を知りたいですよね？」

「え？」

「グゼさんが女性なのか男性なのか」

「グゼさんは女の子だ！」

「だから確認しに行きましょう！」

「うう……分かったよ！」

ウスハは軽くベソをかきながらとてとてと駆け寄って来る。

どんだけショックだったんだコイツ……アニードの報告だと、男の方、コイツがヤバいと聞いていたが。とてもじゃないが迫力の欠片もない。むしろ情けない。

アキカは続いてアニードに笑顔を向ける。

「アニードさんも行きます？」

「あ、ああ。私も向かうが……」

「じゃ、決まりですね♪　ひとっ飛びと行きましょうか！」

アキカは呪文を唱え始める。近くで見て分かる、尋常じゃない口の速さ。そして今、アキカの唱える呪文は十数秒オーバーと、アキカにしては規格外の長さ。普段の数倍の呪文量、それが意味するところは……。

「デア」

アキカの身体が光に包まれる。今まで感じたことのない膨大なアルマが渦巻き、勢いよく放出される。光となったそのアルマは次第に巨大な何かを形作る。

美しい衣に身を包み、巨大な翼を背から生やす、例えるならそれは女神。アキカの魔法で生み出されたのは巨大な神々しき女神。

女神が下ろす掌。アキカはそこに飛び乗り、にっこりと笑う。

「さ、乗ってください。ちょっと奮発しましたから、四人でも余裕ですよ！」

アニードは口をあんぐりと開けていた。ウスハも同様だった。恐らく私もだっただろう。

悪ふざけが過ぎるだろう、この女。

「ウスハ、でいいか？」

「ああ」

「あいつ、お前の妹……化け物か？」

「化け物だな」

兄であるウスハでさえ引いている。それくらいの、素人目で見てもそれは異常な規模の、ずば抜けた魔法だった。

アキカに手招きされて、私達は恐る恐る女神の掌の上に乗る。不思議な光は、とても暖かく優しい感覚がした。

「今からパラディソスに飛びます！　それとコレ、結構な規模の魔法ですので、私の残りアルマを大分削っちゃったんですよね～。だから後、ざっと十パーセントくらいしか余力がありませんので、いざというときは皆さんよろしくお願いしますね～♪」

「な……むう、任された」

「お、俺は何もできないぞ⁉」

アキカは「てへっ♪」と舌を出して（あれだけ恐ろしい真似をやってのける化け物には不似合いだな）、私達に頭を下げる。

しかし、私にはどうしても理解できなかった。

「何故、私を王の元に連れていく？」

「え？　守るからですよね？」

「そうではない！」

そうではない。アキカの惚《とぼ》けた態度に、私は声を荒らげて詰め寄った。

「さっきまで殺し合いをしていた相手だぞ⁉　その前で余力がないなどとよく言えたものだな。しかも、その敵のために、これだけの魔法を使うと？　お前は一体何を考えて……」

「だって、四人同時に運べる魔法がこれしかなかったんだから、仕方ないじゃないですか。『フリューゲル』と『デア』、その中間くらいが丁度よいんでしょうけど、まだ開発途中なんですもん」

「そうじゃなくてだな」

威勢よく叫ぶ私。アキカは惚けていたが、突然その口を止めるように私の口に指を当てる。そして、呑気な笑顔を浮かべていた。

「大丈夫ですって。十パーセント程度でも、私はあなたに負けませんから♪」

「……」

「というのは冗談ですよ？　怖い顔しないでください」

怒りを抱いたのではなかった。その一瞬垣間《かいま》見えたアキカの素の表情に、私は恐れをなしたのだ。

こいつは本物の天才。本当に十パーセントの力でも、私は負けるのではないか。そう錯覚させる程に、アキカは底知れぬ何かを持っていた。

「王様を守りたいんでしょう？　その想いを疑って掛かる程、私も薄情じゃありませんよ」

笑顔。そうか、こいつは救世と少し似ているのか。笑顔の下に、何かを隠せる。大きな何かを抱えながらも平然としていられる、最も怖いタイプの人間。

そこまで意識して、私は認めたくない事実に気付く。

私は救世を、恐れている？

アキカとの引き合いにあいつを出す程に？

得体の知れない悪寒《おかん》から、身体がぶるりと震える。

「ま、そんな危険をわざわざ教えてくれる人が、弱っている乙女を襲う真似なんてしないだろうとも思いますしね！」

「乙女、なんて柄か？」

「お互い様ですよ、イッキちゃん♪」

「……だな」

私は腰の鞘《さや》に刀を収める。

全く掴みどころのない奴だと、心底呆れた。気付けば震えも収まっていた。

「アニードも、ウスハも、アキカも手を出さなくて構わん。邪魔する者の排除は、私一人で十分だ！　そして、王に手を出す不届き者の始末もな！」

「イッキ様。私も共に」

「が、頑張れ！」

「兄様も頑張るんですよ！　それじゃ、行きます！」

ふわっ。

巨大な光の女神が飛翔《ひしょう》し、首都パラディソスに向けて進み出す。

「兄様は、最後の舞台で頑張ってもらわなくてはならないんですから」

「はぁ⁉　お前何言ってんだ⁉」

「確かめるんですよ」

アキカはにっと悪い企みを匂わせる笑みを浮かべる。それはウスハだけでなく、何故か私にも向けられていた。

「グゼさんの本心をね！」

救世の本心？

意味を測りかね、怪訝な表情を浮かべた私。

それから顔を逸らすように、アキカは前方を睨む。

「さぁ、来ましたよ！　邪魔をする気満々みたいです！」

迫り来る飛行型テラスの大群。それを前にして、私はすぐさま意識を切り替えた。

「全く……本当に掴めない奴だ」

愛刀パラドスィを構え、私は前方のテラスを見据える。

「我が道を阻む者は、全て纏《まと》めて斬り伏せるッ！」

ノトスの命運を懸《か》けた、我が恩人レークスを守る戦い、大嫌いな兄貴との決着をつける戦いの火蓋《ひぶた》が今、切られようとしてた。

救済団体エクスィレオスィ構成員ヴロミコ

「お久しぶりです、王様。いいえ、レークス様」

遂に辿り着いた王城。そこで若き王レークスとの再会を果たしたグゼは、笑顔で頭を下げた。まるで、旧来の友人と挨拶するかのように。

憎むべき相手にこの態度、相変わらず本心の掴めない奴だ。

「グゼ、グゼなのか？」

「はい。グゼでございますよ。私にご用とのことで、せっかくの再会を邪魔する者を少し黙らせてから参りました。済ちゃんがいたら話にならないですし、ね」

「イツキをどうした？」

「ちょっとお友達に相手をしてもらっているだけですよ。心配なさらずとも、城にいた兵士や騎士達は怪我一つしていませんから。少し、黙ってもらいましたけど」

「そこの男がやったのか？」

「いいえ？　私がやりましたけど？」

平然と返すグゼの言葉に、レークスは懐疑の目を向けた。まぁ、当然の反応だろう。グゼの話を聞く限り、こいつはグゼに力があるとは思っていまい。せいぜい優秀な治癒術士としか思っていないのだろう。まぁ、優秀の度合いが強すぎるだけで、その表現に語弊《ごへい》はないのだが。

グゼはレークスの目を見て、楽しそうにくすりと笑った。

「懐かしいですね、あのときと全く同じです。あなたが剣を持ち上げられない私を見ていたときと、全く同じ目です……今も箸《はし》より重いものは持てませんが、ね。あ、今の笑うところですよ～？」

レークスもエクスィレオスィの一員のアルムも、唖然としている。グゼのイメージからは思いもつかないジョークに驚いているのだろう。

まぁ、初見では俺も驚いたが。アレを使うと、グゼは多少ハイになるから普段のお淑やかさが減少する、というより少し明るくなる。

「で、ご用があると聞いて来たのですが。レークス様、私に何か求めるモノでも？　あ、身体とかはやめてくださいね？　私、あっちの趣味はないんです」

ちょっと下ネタを挟むのはやめて欲しい。一応、俺もお前に……いや、なんでもない。

グゼの言葉に、レークスは微妙な表情を浮かべたものの、すぐに気を取り直して堂々と構える。

そして、愚か者らしい、想像以上……いや、それ以下のふざけた要求を出してきた。

「お前の噂は聞いてたぞ。優れた治癒術を身に付けたようだな。どうだ、私の元に戻っては来ぬか？　今のお前になら、最高の待遇を与えてやるぞ」

胸の奥底が燃え上がるような感覚。

グゼを勝手に喚び寄せて、使えなかったら捨て、いざ力を身に付けたとなったら戻って来いと？

ふざけた王だ。若さ故、いや、こいつは人間として腐っている。テラスの俺が人間の有り様にとやかく言うつもりは毛頭ないが、それでもこいつがクズだとは分かる。後ろにいる人間のアルムでさえも、その表情を歪ませているのだから、人間の目から見てもこいつはクズなのだろう。

俺は怒りに任せて魔具《ヴィヴロス》を構えようとした。

しかし、グゼが制止する。

「光栄です。私の力を認めてくださったのですね。ああ、身に余るお言葉。そもそも、私はあなたのお力になりたくて、ここまで戻って来たのですよ？」

「グゼ様、何を言っているのですか？」

アルムがグゼの意外な言葉に目を見開き、唖然としている。

私も言葉の内容にこそ驚いたが、グゼの態度には何も驚きはしなかった。

レークスは嬉々とした表情で椅子から立ち上がる。そして、手を叩きながらグゼへと歩み寄った。

「そうか。ならば話は早い！」

「ですね」

レークスとグゼは笑顔を向かい合わせ、互いに手を伸ばした。そして固く握手を交わし……グゼは優しく囁いた。

「あなたの望む、あなたが決して侮られない世界を創りましょう」

その言葉の意味をレークスが理解する間もなく、グゼは世界の再構成を開始する。

「ここが始まりの場所です……『世界樹』」

地面がわずかに振動する。そして、レークスの足下にヒビが入る。

「な、何をした⁉」

「レークス様。安心してください。お怪我はさせませんから」

ゴゴゴゴゴゴゴゴゴゴゴゴゴゴゴゴゴ！

地面から顔を出すのは樹の幹。樹はグングンと伸び、レークスを絡めとる。

「う、うわあああああ！」

「お口にチャック。少し、静かにしてもらえますか？」

ぎしりと樹の幹が、レークスの口を塞ぐ。声を上げることさえ適わなくなったレークスは、そのままどんどんと伸びていく木の幹に呑み込まれ、その姿を消す。樹はどんどん太く、長く成長し、遂には城の天井さえぶち破る。

その巨大な樹、グゼの世界改変のスタート地点――世界樹。

「それではレークス様、お聞きください。変わり行く世界の音を」

グゼが懐から取り出すのは、タクト型魔具『ポリコス・アステラス《ヴィヴロス》』。グゼはタクトを振り、歌う様《よう》に呪文を唱える。

穏やかで、美しい、透き通った声が響きわたる。

城に、首都に、平原に、国中に。

「繋がりましょう。スィドロフォス」

その美しい歌声に誘われたかのように、俺やアルムの背中から美しい花が咲く。そして、一面花園に変わった王の間の中心で、膨大なアルマの渦の中心に立ちながら、グゼがタクトを操る。

グゼの蒔いた『種』が遂に『花』を開く。

ノトス中から膨大なアルマが世界樹を目指して流動する。世界樹を伝い、国一つの総戦力に匹敵する程のアルマがグゼの小さな身体に流れ込む。

凄まじい。その一言に尽きる光景。

「……あはっ」

アルマの眩い輝きの中でタクトを振るグゼの姿は、とても美しく輝いていた。俺は勿論のこと、隣で見つめるアルムも見惚れているようだった。

「あはははははっ！」

グゼは笑う。楽しそうに。愉しそうに。

「やっと、会える、ね？　お待たせ、そして久しぶり」

ガシャァァアンッ！

王の間の扉をぶち破り、奴は姿を現した。

その姿を見て、黒髪を優雅に靡《なび》かせ、その黒い瞳を怪しく輝かせたグゼが、奴の目をまっすぐに見つめた。

「救世ッ！」

「済ちゃんっ。ずぅっと、ずぅっと……会いたかったよっ！」

黒髪の天使イツキ。

奴は二人の黒髪の天使と共に、その姿を現した。

それをグゼは最高の笑顔で、似合わない明るい笑顔で、迎え入れた。

杏樹明華

上空から襲い来るテラスをイッキさんが楽々と一掃して、私達は何事もなくパラディソスへ突入し、ノトス城の前まで辿り着きました。

しかし、そこで不思議なことに気付きます。いや、正確には上空にいるときから気付いていたと言った方が正しいかもしれません。

首都には続々とテラスが集結しつつありました。しかし、テラス達は一般の人間には全く手を出していないのです。

襲っているのは攻撃を仕掛けた兵士のみ。やられたらやり返す、そんな感じの動きしか見せていません。

このテラス達は何が目的なのか。

もしかして、邪魔者を抑えるためだけに動いている？

「イツキ様！　アキカ様！　ウスハ様！　首都の防衛は私に、騎士団と軍部にお任せください！　グゼ様を、王をどうかよろしくお願いいたします」

アニードさんは城の前で私達と別れ、テラスにより混乱している首都の中へと向かって行きました。私としては、イッキさんの行動を見張る必要もあります。兄様の『切り札一号』を引き出すためにも、グゼさんの本心を確かめるためにも、王の元へ向かう必要がありました。なので、アニードさんの申し出には少しほっとしました。

あまり被害は出ていなさそうでしたが、それでもテラスによる被害が心配でしたので。

私達は城の中へと一歩踏み入れました。そのときです。

激しい轟音が城内に響きわたります。

城がミシミシと音を立てて、天井の一部が崩落《ほうらく》しました。地面は揺れ、城全体が揺さぶられているのが分かります。

遅れて雪崩込むように、巨大な樹の根が私達目掛けてメキメキと伸びてきました。

「ちっ……！」

イッキさんが迫る樹の根を刀で切り捨てます。しかし、勢いよく伸び、息を吐く間も与えない樹の根の洪水を捌《さば》ききることはさすがにできません。

私は残る力を削いで、防壁を張らざるを得なくなりました。

「アスピダ！」

樹の根の流れを盾の魔法で防御します。樹は受け流されるように私達を避けて、城中を埋め尽くすように伸びました。そして、みるみるうちに樹の根は城の中を占拠してしまったのです。

「な、なんだよこれ？」

「悪いアキカ。私が捌ききれずに……」

「いいですよ。相性の問題です。それより少し心配になってきましたね。王様の身が」

「これは救世の……いや、あいつにこんなことができるはずがない。仲間のあいつ……あの男が？ 急ぐぞ！」

イツキさんは樹の根を切り裂き、先への道を作りながら進んで行きます。彼女はこの魔法、いえ魔法かどうかも分からないこの樹の根の生みの親を、グゼさんを連れて行った男、ヴロミコだと思っているようです。

この樹の根からは、グゼさんのアルマしか感じないんですけどね。イツキさんはおろか、全快の私でも持ち得ない、扱い得ない程膨大な量の。

イツキさんを先頭に根を掻《か》き分けて進むと、樹の根に呑まれた無数の人達を発見しました。気を失っているだけのようでしたが、気のせいでしょうか。アルマ量が妙に少ないような。

「解放したいところだが、構っている暇はなさそうだ。どうせ気を失っているから、逃がしてやれなさそうだしな」

イツキさんは何人かの脈を取り、無事を確認するとそれを置いてさらに先へ進みます。根は幸い巻き込まれた人を圧迫していないようでしたし、複雑に絡みついているので解放には手間が掛かりそうでした。これなら確かに元を断《た》つ方が早いかもしれません。

そして、上階に上がり、樹の根の防壁がほとんど見えなくなってきたとき、不意にそれは聞こえてきたのです。

「歌？」

城内に美しい歌声が響きわたりました。

いや、これは呪文でしょうか。聞いたこともない、長く不思議な呪文。魔法を学んでみると、意外と呪文の法則性などが見えてくるものですが、それは私の知る魔法の法則には当てはまらない、全くのイレギュラー。強いて言うなら、どこかで聞いたことがあるような……。そう、それはどことなくグゼさんの治癒術の呪文に似た旋律《せんりつ》を持っていたのです。そして、唱える歌声はグゼさんのもの。

どうやら本当に王城で何かを始めるつもりのようです。

イツキさんはその歌を聞いて、すぐさま王の間へ向かう道を駆けて行きました。それを兄様の手を引きながら追う私。

激しくぶち破った王の間の扉の向こうには、花畑の中心で、巨大な樹を前にタクトを振るグゼさんの姿がありました。

グゼさんは私達を見て笑顔を浮かべました。今までの彼女……あ、彼には似合わない、楽しげな笑顔を。

「救世ッ！」

「済ちゃんっ。ずぅっと、ずぅっと……会いたかったよっ！」

歌をやめたグゼさんは、目を潤ませながら奇妙な声色で叫びました。明らかに様子がおかしいです。

「王を、レークスをどこにやった⁉」

「大丈夫ですよ、済ちゃん。レークス様ならこの世界樹の中だから！」

「何⁉」

「怪我もしてないし生きてますよ？気絶もしていないでちゃあんと声も聞いています。だから今はいいじゃないですか。せっかくの再会、噛み締めましょうよ！」

ふらふらと酔ったように頭を揺らして、とろんとした視線をイッキさんに送りながら、グゼさんはくいくいとタクト型の魔具《ヴィヴロス》を振りました。酔ってる？　それともこれが本性なんでしょうか。今や完全に髪も瞳も黒くなったグゼさんは、何から何まで初めて出会ったときから変わってしまったのです。

そんな豹変《ひょうへん》したグゼさんの姿を見て、私が握る兄様の手は震えていました。

裏切られた、きっとそう思っているのでしょう。

「グゼさん……」

「なんですか？　ウスハさん」

兄様は私の手を振りほどいて、前のめりになって叫びました。

「グゼさんが男とか、マジで嘘ですよね⁉」

……はい。兄様は平常運転でした。恋は盲目とはよく言ったものです。今の状況まるで見えていませんね。だけど、そんな情熱的な兄様も……イイッ！

「ああ、嘘も何も私、一言も自分が女とは言ってないと思いますけど？　あ、もしかして惚《ほ》れてくれちゃってました？　やだ、私ったら。罪な女ですね。いや、男ですけど」

「う、あ……」

兄様が壊れかけている！　グゼさんの奇妙なテンションに付いていけてない。しかも予想以上に男宣言が効いているみたいです！　そんな様子を見て、グゼさんはくすりと笑うと、ふわっと甘い香りを漂わせながら姿を消す。

そして一瞬で兄様の傍まで迫ると、綺麗な顔を兄様の耳元にぐいと寄せました。

「あ、私は男ですけど、ウスハさんが愛してくださるのなら、女でいて欲しいというのなら……」

兄様も、イツキさんも、私も、向こうで見ているヴロミコさんも、アルムさんも、一気に顔が赤くなりました。

「女になってもいいですよ？」

な、何を言ってるんですかこの人は！　一体、どういう反応をすればいいのですか⁉　皆、顔を赤くしてオロオロしてますし！　今まさに事態の渦中《かちゅう》にいる兄様も、ネジが外れたように「あばばば」って言ってますし！

グ、グゼさんってこういう人だったんだ、恐ろしい人。

「あれ、冗談ですよ？　もしかして真に受けちゃいました？　やめてくださいよ～、私、そういう趣味はないんですから。もぉ～」

「グググ、グゼッ！　悪酔いし過ぎだ。少しはアルマの吸収量を抑えろっ！　見てられん！」

ヴロミコさんがあわあわしながら叫んでいます。

「酔ってませ～ん、私は別に酔ってませんでふよ？」

……酔ってる、アルマ吸収？

ふらふらとしているグゼさんの肩を支えて、ヴロミコさんが大きな樹の幹に寄りかからせました。

「お前はそこでしばらく休んでいろ。最終目的にのみ集中しておけ」

「はいはい。分かりました。でも、私、酔ってないですよ？」

「分かったから……ったく。目的のためとはいえ見たくなかったな、お前のその姿」

啞然としている私達を他所に、ヴロミコさんが、アルムさんを引き連れて、私達の前に立ち塞がりました。

背中からは、花？　辺り一面に咲き誇るものと同じ花を咲かせています。

「……と、今はグゼは少しアルマ酔いしている最中でな。悪いが少しの間、お前達の相手は我々がさせてもらおうか」

「アルマ酔い？」

聞き覚えのない言葉です。

しかし、ヴロミコさんはそれに答えず、手に付けたメリケンサックのような魔具《ヴィヴロス》を構えました。付き従うようにアルムさんも剣を構えます。

「とにかく、だ。グゼに手を出すのならば容赦しない。グゼに賛同し、協力するというのなら手は出さない」

「賛同も何も、私達はグゼさんが何をしようとしているのかさえ分からないんですが」

「上等だ。王に手を出しておいて、貴様らこそ容赦してもらえると思うなよ？」

「ちょっとイツキさん！　話が違い……」

ます、と言い切る前に、イツキさんは刀を抜き放ち、ヴロミコさんに突撃していきました。もう。まだグゼさんの目的も何も分かってないのに！

いくら何でも、大したアルマ量も持たないヴロミコさんに、イツキさんが容赦なく斬り掛かったら……。

あれ？

その異変に気付いたのは、ヴロミコさんがファイティングポーズをとった瞬間。ヴロミコさんの一般人的アルマが、突如テラスに共通した、少し寒気のするアルマへと変貌しました。加えて、微かに濁《にご》り気《け》が。

どうして、ヴロミコさんからグゼさんのアルマが？

混じり気のあるアルマを一気に爆発させて、ヴロミコさんは一瞬でイツキさんの前に移動しました。

「天使？　それがどうした。今の俺達は、その程度に屈しはしない！」

反射的に振り抜かれた刀をメリケンサックで受け止めるヴロミコさん。

ギンッと激しい金属音を立てて、イツキさんが間合いを取ります。それを的確に拳で受け止めながら、ヴロミコさんが間合いを詰めていきます。

　イツキさんのスピードに、完全に対応している？

「くっ……」

「どうした？　それがノトス最強の天使の実力か？」

「調子に、乗るなッ！」

　イツキさんが片手で繰る刀を加速させました。瞬間的に、爆発するように付術で身体能力を跳ね上げ、強引に纏《まと》わりつくヴロミコさんを振り払います。

　ヴロミコさんは後ろに飛ばされつつも、そのまま身軽に着地しました。

　イツキさんは顔をしかめてヴロミコさんを睨みます。

「貴様、テラスか。しかも、かなり上位の」

「半分正解、半分間違いだ。確かに俺はテラスだが、上位などと呼ばれる程の実力はないさ」

「ふざけるな。私も今までテラスを何度も相手にしてきた。お前はそのテラスの中でも、ずば抜けて強い」

「天使殿のお褒めの言葉、ありがたく受け取りたいところだが……その賛辞は俺に向けられるべきではないいな」

　ヴロミコさんが親指を後ろに向けて、樹に寄りかかりながらふわふわとした様子でタクトを振るグゼさんを指差しました。

「今まさにお前を圧倒している力は、お前が弱いと罵り、侮り、見捨てたグゼの力だ」

「救世の力だと？　しかも、私を圧倒？　ふざけるな。そもそも私は貴様に遅れなど……」

イツキさんが喋り終わる前に、私は反射的にその勝負に介入していました。

付術により瞬間的に加速し、ヴロミコさんのいた位置を睨み続けるイツキさんの首根っこを掴み、思い切り後ろに引き倒します。

そして、少量のアルマの付術によって、最低限のプロテクトを施し掌を保護。

イツキさんの頭があった位置に振り抜かれた鉄の拳を、庇うように掌で受け止めました。

キィンと音を立てて、ヴロミコさんの拳が止まります。想像以上にアルマ密度の高い付術。

その強化メリケンサックの衝撃が、私の腕を伝い電撃的な刺激を身体にもたらしました。

「ぐっ！」

「ア、アキカ⁉」

痛い。しかし握力に力を集中して、その拳を捕らえます。ここで止めなければ、イツキさんに追撃の一発が飛んでいってしまいますから。

「……天使アキカ。何故、イツキを庇う？　お前はグゼの側に付くのではないのか？」

「いえ、保留ですよ。ただ、女の子の顔を思い切り殴ろうとしたあなたを緊急で止めに入っただけです」

「そちら側に付くと取っていいんだな？」

「だから私は兄様だけの味方ですって。どちらに付く気もないです。今の、まともに受けていたら、イツキさん死んでましたよ？」

私はその視線をヴロミコ、ではなくグゼさんに向けました。

「止めたほうがよかったですよね？　グゼさん」

ふらふらとタクトを振るグゼさんは、にっこりと笑って首を横に振る。

「どちらでも構いません。安心してください。死者も怪我人も出しませんので」

「それはあなたが治すという意味ですか？　死人すらもあなたは治せると？」

「はい。今の私は何でもできますよ？　死者を呼び戻すことも、朝飯前です」

自信に満ち溢れた言葉。死者を蘇らせる、そんなことが本当にできるとでも？

そして、何より妹が死ぬかもしれない状況で、それを止めようとしないなんて。

これは本当にグゼさん？

「済ちゃん。どう？　私の力、分かったかな？　今の動き、全く見えなかったでしょ？」

「ふざけるな！」

私の後ろで倒れるイツキさんは、ぐぐっと身体を起こし、グゼさんを睨みます。

「あれはそこの男の力だろうが！　他人を利用し、そこでほくそ笑んでいるだけの貴様が、それを力として誇るな！」

イッキさんはすぐ様、爆発的なスピードで駆け出しました。向かうのはグゼさん。

「イ、イツキさん！　話が違い……」

私がヴロミコの拳を解放し、止めに行こうとしたそのとき、私は気付きました。

ヴロミコが、まるで焦っていないことに。

そして、次の瞬間、私は言葉を変えました。

「イツキさん！　横です！」

「……な！」

イツキさんが反応できない程のスピード。ヴロミコとほぼ同スピードで、彼はグゼさんに襲いかかろうとするイツキさんに飛びかかっていました。

「グゼ様には指一本触れさせませんッ！」

その彼とはエクスィレオスィの一員、アルムさん。

並のアルマしか持ち得ないはずのアルムさんは、ヴロミコと同等の膨大なアルマを燃え上がらせながら、強力な付術を操り、イツキさんに斬り掛かっていたのです。

「ちっ……！」

それでも早くに気付けたことが幸いしてか、刀でその攻撃をいなし、イッキさんはアルムさんと対峙できました。

「どういうことだ!? さっきまでとはまるで別人……」

「ああ、さっきまでとは違う。お前からグゼ様を守り抜いてやる」

アルムさんは膨大なアルマを纏《まと》いながら、今までとは段違いの気迫でイッキさんに剣を向けました。

そのアルマは、やはり、グゼさんのもの。

「済ちゃん。あなたは今、私が他人を利用し、ほくそ笑んでいると言いましたね？」

グゼさんはタクトを振りながら微笑んでいます。

「否定はしません。私はヴロミコを、アルムさんを利用しています」

笑顔。無邪気で楽しげな笑顔。

私は初めてグゼさんに恐ろしい何かを感じました。

「だが、俺達もまた、グゼを利用している」

私の前で拳を構えるヴロミコが、グゼさんのアルマを纏いながら不敵に告げます。

アルムさんも険しい表情で、さらにグゼさんのアルマを色濃く発し始めました。

その二人の様子を和やかに眺めると、グゼさんは今もなお膨れ上がるアルマを満ち溢れさせながら、タクトに色っぽくキスをしました。

「私達は利用し、利用される。これ程美しく強固な人間関係はありません」

グゼさんは似合わない言葉を並べます。

「誰かに何かをして欲しいのは当然じゃないですか。それを割り切った人間関係こそ、裏切りのない真なる関係。見返りがあって当然の、途切れない善意の輪」

そしてグゼさんは堂々と、その計画の概要《がいよう》を宣言します。

「私達の輪は世界に広がる。等価交換と言う、当然の摂理《せつり》に従った繋がりの形成。互いに与え、互いに背負う、絶対平等の集合体の形成。痛みも喜びも共有できる世界の形成。それにより、恵まれない人々は当然の恵みを得て、痛みを知らない人々は当然の痛みを知る」

巨大な樹、それに添えられた細い指先が艶《なまめ》かしく動きました。

「今、この中にいるレークス様――最も恵まれている人を媒体に、絶対平等の繋がり、共有集合体『償（エクスィレオスィ）』を形成します。その時、恵まれたモノ達は受けるべき痛みを受け、恵まれないモノ達は受けるべき恵みを受ける。上に立つ者が、下に倒れる者に償う時がきたのです」

エクスィレオスィ。それが何なのか私には理解できませんでしたが、何やらとんでもない規模の魔法を発動させようとしているのだけは分かりました。

そしてそれにより、王レークスは罰を受ける。

『償』の証はこの花。この花がノトス中の人間の背中に咲いたとき儀式は完遂《かんすい》し、恵みと痛みの配分は完了します。今、国中には私の指示で動き、花の種を蒔いている者が多数います。あと十数分程で、全ての人間の背中に花を咲かせ、『償』は発動するでしょう」

十数分。それが過ぎたときに、何かが起こる。しかし、グゼさんは何故それを話すのでしょうか。最後まで私達を騙し抜き、計画を滞《とどこお》りなく進めるべきなのでは？

「平等《フェア》でないでしょう？」

グゼさんは、私の思考を読み取るかのように、言葉を紡ぎました。

「私が正しいのか、済ちゃんが正しいのか。それを正々堂々と決せずに、嘘偽《いつわ》りで計画を完遂したら、不平等じゃないですか」

平等を謳《うた》うグゼさんのプライド。つまり彼女……あ、彼は宣言したのです。

「丁度、ここには六人。三対三で平等ですね。この場で決しましょう。どちらが正しいか、正々堂々、平等に」

グゼさんは手に握るタクトをかざし、不敵に言いました。

「私の魔具《ヴィヴロス》『ポリコス・アステラス』。これを私から奪えたら儀式は止まります。『償』は発動することなく、レークス様は解放されるでしょう。しかし、もしも儀式が完遂された場合——」

グゼさんは今までで一番歪んだ、悪意に満ちた笑みを浮かべてその末路を告げた。

「恵まれた者の象徴として、生贄《いけにえ》として、世界樹の一部となってもらいます」

生贄？　つまり、それがグゼさんの、レークスに対する復讐？

「させるか……！」

イツキさんの表情が、険しくなっていきます。

「レークスは私が救い出す。貴様などに奪わせるものか！」

イツキさんの憎悪をまっすぐに受け止めるグゼさん。

「頑張ってくださいね♪」

国を揺るがす規模の、平等の名の下に『恵まれた者』に下される裁《さば》き。そういった所でしょうか。

加えて、レークスという王に与えられる罰。

……私はそれを全否定するつもりはないんですけどね。

グゼさんが正しいのか間違っているのかは、今私が、私達が戦う理由とは全く関係がありませんでした。

さらに言えば、『それを見定めること』が、私と兄様がここに来た理由とも言えましょう。

私は傷付く人を見捨てる程に冷酷ではありませんが、悪いと思った人に『償い』を求めない程に優しくもありませんしね。

その『見定め』のためにも、グゼさんを遠ざけるこの人、ヴロミコにはご退場願いましょう。

わずかに残る私のアルマを全て注いで。

そして、グゼさんを見定めるメインのお仕事は、全て兄様にお任せしましょう。主役は美味しいところを持っていかないとですね！

こうしてノトスの命運が懸かった、最後の十分が動き出したのです。

残り時間十分。

私はテラスらしき男、エクスィレオスィの構成員であるヴロミコと対峙します。人型で、「らしき」と言ったように見た目は完全に人間そのものです。すらりとした長身に、皮の鎧、空色の短髪が印象的な気の強そうな相手です。

そして拳には鉄のメリケンサック。男が拳闘士であることは明らかでした。

しかし、それが魔具《ヴィヴロス》であるとすれば、単なる魔法発動のツールでしかないことも十二分に考えられます。

先程のイツキさんとの交戦を見て、この人も付術を操ることは分かっていました。驚異的なスピードに注意しつつ、拳のリーチ以上の効力を持つ魔法にも注意したいところ。いつもはそれなりに恵まれた反射神経に任せて、思うがままに戦闘に臨む私も、今日は少し冷静に動かなければなりません。

何故なら私に残るアルマは、既に全快時の一割にも満たないからです。

相手のスピードを考えると、広範囲攻撃を可能とする魔法が欲しいですが、今はそれどころか中規模の攻撃魔法をやっと一、二発撃てる程度。

付術使いにタイマン勝負を挑む場合は、こちらもそのスピードに対抗するために付術による移動力強化が必要となります。

しかも付術使いの防御力を突破する決め手となる魔法には、それなりの威力が欲しいです。それらのアルマ量を考えると、チャンスは一発。

「……ハラハラしますね」

自らをギリギリに追い込んでの勝負。逆に燃えるじゃないですか！

私は脚と視覚、聴覚、触覚にアルマを張り巡らせる。フィニッシュブロー足りえる一撃用のアルマを残し、残り全ては付術による身体能力強化に回します。

幸い相手のスピードは目視できるので、対応可能なスピードギリギリに強化用のアルマ量を設定し、アルマ消費を限界まで節約。

もしも、相手がもっと速くなったら？　そのときは気合です！

「さ、始めましょうか。ヴロミコ！」

「あくまでやる気か、いいだろう。手加減も遠慮もナシだ。グゼと俺の力を、見せてやろう！」

ヴロミコの背中の花がふわりと大きく膨れ上がり、同時にヴロミコの中のアルマが異様なまでに増幅されます！

これ、絶対に一個体が持てるアルマの量ではないですよね？

「うおおおおおおお！」

アルマの一部を移動させ、付術による脚力強化で猛進《もうしん》して来るヴロミコ。その目にも留まらぬ速度を視力強化で捉えた私は、最小限の動きでそれを躱します。

風が痛く感じる程の通過スピード。勢い余って私の横を通り過ぎたヴロミコは、急ブレーキを掛けながらUターンし、再び戻って来ました。

「猪ですか、あなたは」

「悪いな。まだまだ制御し切れていないのでな」

まだまだ、ということは、これは最近手に入れた力なのでしょうか。

この莫大《ばくだい》で、グゼさんの色を含んだアルマ。何らかの手段により得ているものなのでしょうね。何か、何か……。

まどろっこしい分析はやめましょう。どう見ても背中の花が怪しいです。本当にありがとうございました。

「その花、どういう魔法ですか？」

突進を再び躱し、軽く雑談する感覚で尋ねる。

「……魔法ではない。これは治癒術だ！」

おや、予想外の答えが返ってきました。ＭＡＸスピードがどうにも扱い辛いことに気付いたらしいヴロミコは、動きを止めて足踏みをしています。制御できるスピードと力の感覚を調整しているのでしょう。

そして、先程は何の問題もなくイツキさんに接近し拳を叩き込むという、一連の攻撃動作を実現していたことを考えると……今の制御ミスは、その拳を受け止めた私に対する過大評価による力の入れ過ぎか、それとも今も徐々に力が増幅していてアルマの最大出力量が増え過ぎたのか。

まあどちらにせよ、これから適正スピードへどんどん近付いていくのでしょうし、どうでもいいですね。

それより問題は、あの花が治癒術によるものだということ。治癒術って、人を癒したりするものじゃなかったんですかね？

「その顔、グゼの治癒術を侮っていたようだな」

侮ってはいませんが……何故か私には不向きな技術のようですし、むしろ尊敬しているくらいです。

ヴロミコはどうやらアルマ出力量の確認が終わったらしく、再びファイティングポーズを取りました。

「治癒術。馬鹿はその言葉を聞いただけで、それが他者を治し癒す術だと思い込む。愚かにもその本質を見ない」

「本質？　アルマを生命エネルギーと見立てて、それを他者に分け与えることで相手を癒す、というやつですか？」

……とまぁ、ここまで言って、私ははっとしました。

全てとは言わずとも、この花が治癒術の力の一端だと理解したからです。

「つまり、アルマの譲渡。今のあなたはグゼさんからアルマの供給を受け続けている状態、というわけですか」

「察しがいいな。お前はそれなりに本質を見極めているようだ」

治癒術の、魔法とも付術とも違う本質とは、傷を癒すことでなく『自身のアルマを他者に分け与えている』こと。

魔法はあくまで、アルマを用いて自分の内側から事象を形成する。付術は自分の一部（武器も自分の操る身体の一部、動物の牙みたいなものと考えられますね）にアルマを集中させて、性能を向上させる。

これらはあくまで自身にアルマを作用させています。

それに対し、治癒術は相手にアルマを与え回復力を促進するなど、他者にアルマを作用させる。これは意外と大きな違いです。

そしてアルマの譲渡ができるということは、他者にエネルギーを供給できるということ。

つまりこの一個体が為《な》せるはずのない高パフォーマンスは、二人分のアルマがあるからこそ為せるものなのです。

……と言うのは正確ではありません。明らかにヴロミコのアルマ量は、二人分だけのものではなくなっています。向こうでイツキさんと剣を交えるアルムさんも、アルマ量が大幅に増加していました。

グゼさんが供給しているアルマ量が尋常ではないのです。

そこに何か秘密がある？　グゼさんが膨大なアルマを生成、供給できる秘密……。

まぁ、もういいでしょう。分かってますとも。外で見たアルマ量の少ない兵士、そして今も増幅を続けるグゼさんのアルマ。その恐ろしい治癒術の本当の顔。

「アルマの譲渡、いいえ言い方が少し違いますか。アルマの移動の方が正しいですかね？」

「そこまで見抜くとは、さすがはグゼが評価した天使だ」

ヴロミコがクンッと加速し、部屋に咲き乱れる花を踏み散らしながら接近して来ました。

お喋《しゃべ》りに興《きょう》じているように見えますが、それでも私は一応集中しています。迫るジャブを身体を左右に振りながら躱し、言葉を続けました。

「治癒術はアルマを移動させる術。相手に受け渡すことも、相手から奪うことも可能にする。つまり、グゼさんは今、どこかから莫大な量のアルマを吸収しているんですよね？　表の兵士も活動が鈍《にぶ》るレベルまでアルマを奪ったのですか？」

「奪う？　人聞きの悪い。まぁ、表の兵士は確かに奪ったと言えるがな」

喋ることで意識が散漫になる……互いに余裕を持っているつもりでも、それを意識できるかできないかでは大きな差が付きます。

ヴロミコは無意識のうちに会話に集中して、攻撃のパターンが単調になっていました。

そして、会話が弾むことでそれさえ気にならなくなる。そうなれば回避は容易です。

どうやらこの人はお喋りが好きなようですね。

私としては、情報も得られて戦いにも余裕が出て、まさに一石二鳥。

ある意味扱いやすい。勝手に手のうちをバラすなんて、まるで余裕があると語りだす漫画の悪役みたいでやりやすいです。

「グゼの編み出した世界最大級の治癒術、『償』。その前段階の『スィドロフォス』は、今までグゼがアルマを与えてきた者全てのアルマをリンクさせる！」

今までアルマを与えてきた者……それはつまり。

「今までグゼが治癒術で救ってきた無数の人間、テラス達のアルマが、この花を通じて共有されているのだ！　そしてその数……」

どれくらいなのでしょうか。

「その数……」

「その数？」

「……沢山だ！」

ああ、はい。沢山ですね。

「私もいまいち覚えていないんですよ。何年間も続けてきて、治癒を施した人数を両の指で数え切れなくなったときから、数えるのをやめましたから」

「じゅ、十人でやめたんですか。なんとまあ、寛大というか……」

後ろの方で補足するグゼさん。大概適当のようだ。

「と、とにかく！　このノトスの多くの人間が、グゼの施しを受けているのだ！　それら全ての人間のアルマが、今俺達に流れ込んでいる。分かるか？　そして今もなお、リンクに繋がる者が新たなリンクを各地で広げつつある！」

なるほど。アルマ提供者が増え続けているから、グゼさんのアルマが今もどんどん増加しているというわけですか。

そして、その規模は最終的には……。

「制限時間が迫るにつれて、俺達はさらに強くなる！　その戦力は……ノトス一国分だ！」

わお。私達は今まさに、国を相手取っているというわけですね。

いや、正確には一国分の戦力、というのには語弊があるのでしょう。

一国分の戦力と聞くと、その国の保有する兵力のように捉えてしまいますが、この場合はもっと恐ろしいです。

何故なら本来戦力として換算《かんさん》されないはずの、国民の多数を占める一般人も、戦力として数えることができるのですから。

アルマというこの世界の人間が持つ戦力。たとえ一般人でも、それを合算すれば、桁違いの数値となるでしょう。単純な兵力と比べて、数倍以上になるかもしれません。

言葉通り、国一つを敵に回すという感じですね。

さて、それではそろそろお時間です。猿でも分かる解決法で、ぱぱっとヴロミコさんには退場願いましょう。

攻撃を躱しながら、呪文を唱える。あえてその口の動きが相手に見えるように。そして、一気に後方に跳びます。

「させるかッ！」

私の余力を知らないヴロミコは焦ったでしょう。私がそれなりの規模の魔法を扱えるのはグゼさんから聞いているでしょうから。

ヴロミコは開いた距離を詰めようと、全力で地面を蹴り、思い切り拳を振り抜きます。

釣れた。

ヴロミコの視線は私の口元に向きました。そこですかさず身体を落としての足払い。

「足下がお留守ですよ」

「グッ！」

身体を浮かせた片足立ちの状態。さらには、詠唱を阻止しようという焦りから生まれた大振りな右ストレートの勢いが加わり、ヴロミコの身体は前のめりにバランスを崩します。

私はすぐさま低い姿勢から地面を蹴り、くるりとステップ。背中を丸見せのヴロミコに目掛けて、魔法を発動させました。

手に握るは火球。

狙うは背中。

その火球を叩きつけるように撃ち込みました。

「フォティア！」

直撃した火球がゴウッと唸《うな》ります！

「ぐあッ⁉」

ヴロミコは顔を歪めましたが、致命傷《ちめいしょう》にはなりません。一応、最下級クラスの炎の魔法ですので。

「……迂闊《うかつ》だった。だが、その程度で倒れる俺ではないぞ」

「ええ。倒れたら拍子抜けですよ。でも、背中の花はどうでしょう？」

「な……⁉」

私の狙いはあくまで花。グゼさんとのアルマ共有のパイプラインであると、ヴロミコ自身が語った部分です。

ヴロミコは周囲に咲く同じ花を踏みつけ、散らしていました。つまり耐久力はあまり高くないのでしょう。

しかし、手で摘《つ》み取るのは少し不安。そこで、炎で焼き尽くすことで除去。これによりパイプラインは断絶され……。

「おのれ、それが狙いかッ！」

ヴロミコのアルマはみるみる減少していきます。わお。

思った以上に減りましたね。しばらくはヴロミコの中にアルマが残留《ざんりゅう》すると思いましたが。

振り向いたヴロミコ。すかさず私はその顎目掛けて、強化した足で蹴りを入れます。勿論、経験則から加減をして。

音もなくトンと足が顎に触れ、ヴロミコがぐらりとバランスを崩す。そして、糸の切れた操り人形のように、ばたりと後ろに倒れました。

「な、何をした⁉」

「ああ、動かないほうがいいですよ。脳震盪《のうしんとう》起こしてますから。意識は一瞬しか飛んでいないみたいですけど、しばらくは目眩《めまい》がしてふらつくと思います。ま、残り数分の間には治らないでしょう。無理して動くと後が怖いですからおとなしくしていてください」

倒れたまま立ち上がれないヴロミコに忠告をして、私は兄様の元へと向かいました。

未だ交戦を続けるイツキさんも心配でしたが、兄様のあれを発動させれば、グゼさんから魔具《ヴィヴロス》を取り上げることは容易でしょう。

私が兄様の傍に駆け寄ったその時。

「……なんで立っちゃいますかね？」

背後で気配を感じて、私は再び視線を戻しました。

「グゼの邪魔はさせません！」

「フラフラじゃないですか。寝ていてください。そうしないと私も手加減できませんよ？」

「手加減など無用！　俺はこの命を賭《と》してでも、グゼを守り抜く！」

手加減しないと死んじゃうから言っているんですけどね。付術に頼らずとも、人間の形をなす生き物なら上手く蹴れば簡単に死んでしまいます。動機は何であれ、人のためを思うテラスということで見逃すつもりでしたが……。

「何をそんなにムキになっているのですか？　グゼさんのアルマ量、それを見て、あなたはグゼさんを守れる立場にあるとでも？」

兄様の活躍を邪魔する者を前に、私の残酷な感情が顔を覗かせます。

本当に、ねじ伏せてしまいましょうか？

しかし、ヴロミコのまっすぐな視線と共に放たれた言葉が、私を怯ませました。

「……ああ。確かに俺はグゼより弱いが、俺はあいつを意地でも守る！　だって俺は、グゼを、愛しているのだから！」

ほえ？

驚き口をぽかんと開けていたのは、私だけではありませんでした。

私の後ろで立つ兄様も、向こうで剣を交えていたはずのアルムさんとイツキさんも、樹の前でタクトを振る手を止めているグゼさんも、その場にいる全員が唖然としていました。

「何を言って……グゼさんは男性ですよ？」

「それがどうした！」

その気迫に再び私は怯みました。言葉には、強い情熱が篭《こも》っていたのです。

「傷付き、人からもテラスからも見放されて孤独だった俺を癒やし、傍に歩み寄ってくれた唯一の存在があいつなのだ！　美しく淑やかで強い芯《しん》を持ち、そして何より優しい。そんなグゼに俺がどれ程救われたと思う!?」

興奮して語るヴロミコ。その過去に何があったのかは分かりませんが、その想いは本物のようでした。

「男、女？　そんなものは関係あるかッ！　グゼはグゼ、俺の愛する唯一の存在。それを下らない括《くく》りで、お前なんぞに否定はさせん！」

私は呆気に取られていました。

男も女も関係ない、愛する者は愛する者、下らない括りなんて関係ない。否定なんてさせない。私はどうして、こんなにも感銘を受けているのでしょうか？

「グゼ、俺は絶対にお前を守り抜く。だからもし、『償』が完成したら、お前も俺を愛してくれないか？」

それは、まごうことなき愛の告白。なんということでしょう。

「俺だって、グゼ様を愛している！」

続いて声を上げたのは、アルムさん。

「俺はグゼ様に救われたときから、一生この人に付いていくと決めたんだ！　たとえグゼ様がどんな道を進もうとも……俺だってこの愛、ヴロミコに負けるつもりなどない！」

な、なんて熱いのでしょう。グゼさんを巡る熱い想いの激突。私まで赤くなってきましたよ。

「俺だってそうだ！」

ここでまさかの兄様登場⁉

「もう、男でもいいや！　俺は、綺麗で可愛くてお淑やかで優しくて天使なグゼさんが、大好きだぁぁ！」

に、兄様が告白した⁉　昔は怯えて好きな子と話もできなかった兄様が⁉　なんということでしょう！

「私だって譲れない！　レークスは、私に生き甲斐を与えてくれた、相応しい居場所を与

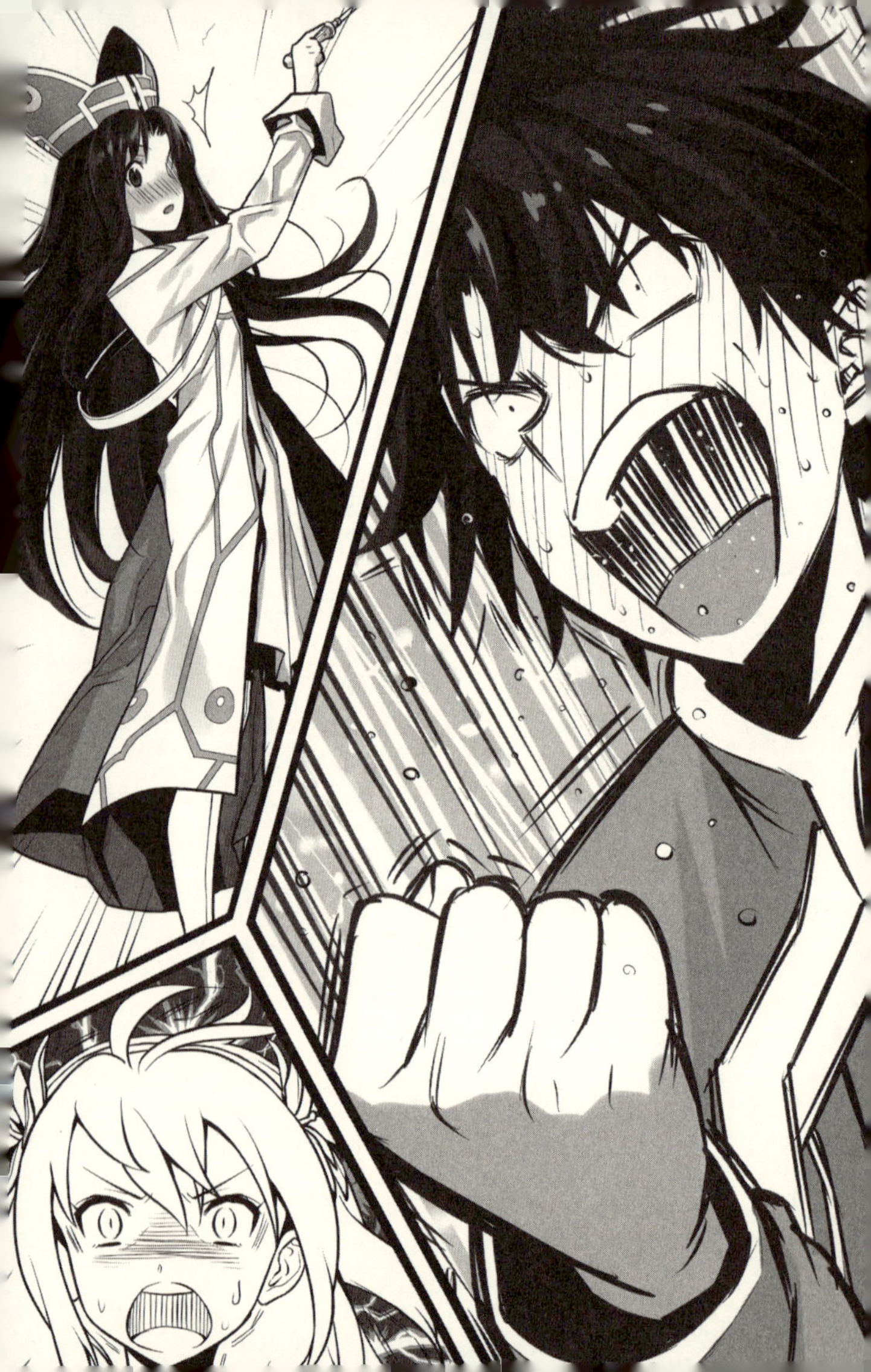

えてくれた。私は意地でもレークスを救い出す、私もレークスを愛しているのだから！」

イツキさんまで⁉

な、なんという愛の入り乱れる花畑。

そう、愛に身分や立場など関係はない。大切なのはその想い……。

兄妹なんて立場、関係ないではありませんかッ！

私はずっと秘めていた想いを、ここで叫ぶと決めました！

「私達も……兄妹とか、関係ありませんよね。兄様……私、兄様のこと、一人の男性として愛しています！　結婚してください！」

「それは無理」

お、の、れ。

ま、まぁ、いいでしょう。兄様も今はグゼさん一辺倒《いっぺんとう》ですし。でもグゼさんにフラれたら、きっと私の元に帰って来ると思いますから！

完全にライバルに負けを認めてしまってる私って……。

問題の三人から愛の告白を受けたグゼさん。返事を迫る三人の男に、彼女……いや、彼はすごく困った顔を見せました。必死で作る愛想笑いが痛々しいです。

「あ、あの皆さん、今はやめにしましょう？　私、儀式に集中したいので……」

もう完全に、タクトを振る手を止めているグゼさん。今は儀式もストップしているようです。

しかし、ヴロミコさんもアルムさんも兄様も引かない。イツキさんも何故か空気を読んで手を止めています。

「いやグゼ。今、聞かせてくれ。お前の返事で、俺はお前のアルマがなくとも、より力強く戦える！」

「抜け駆けは許さない！　俺だって、グゼ様！」

「何勝てる気でいるんだお前らは！　俺だってここは譲れねぇ！」

兄様、珍しく熱いです！　ああ、そんな兄様も……イイ！

遂に（違う意味で）追い詰められたグゼさん。冷や汗を流しながら、グゼさんはごくりと唾《つば》を呑み込みました。頬はほんのり赤く、先程までのアルマ酔いも冷めているようです。

「……あの」

暫く口を結んでいたグゼさんが、ゆっくりと口を開く。

グゼさんは果たしてこの三人の誰を選ぶのか⁉

「皆さん、人間としては好きですけど……私、こう見えてもそっちの気はないんです。ごめんなさい」

見事なまでの玉砕《ぎょくさい》でした。その気まずそうな笑顔と苦々しく柔らかい返答に、三人は口を閉ざし凍りつきました。いや、ある意味当然の結果でしょう。

そんなヴロミコさんがとても気の毒だったので、私は一気に接近して、トンと小突いてあげました。そのまま倒れたヴロミコさんは、今度は立ち上がってきませんでした。

……漢《おとこ》を見せてもらいました。安らかにお眠りください。

イツキさんとアルムさんの勝負も、決着がつきそうです。

「お前の心意気は認める。だから、もう休め」

刀を構え、イツキさんが呟きました。その表情は妙に冷静で、真剣味を帯びていました。先程までの憎悪と焦りに満ちていた眼はどこへやら。これなら負ける気はしませんね。

「黙れ！　たとえ愛されずとも、俺はグゼ様に一生尽くす！」

「お前の想い、しかと見届けた」

イツキさんは高速で迫るアルムさんを前に目を閉じました。それはある種の自殺行為とも言えるかもしれません。しかしその時の彼女からは、何故か『負ける気配』を感じなかったのです。

「目を瞑ってどういうつもりだ⁉」

「『目に見えるものが全てではない』。ああ、そうだな。忘れていたよ。お前はよく言っていたな、兄貴」

その言葉に、わずかにグゼさんが反応したのが分かりました。

イツキさんは目を閉じたまま、微弱なアルマを身体から伸ばします。

それは薄く、集中してやっと見える程度のもの。細く長いアルマが満ちたその領域に、アルムさんは勢いよく飛び込みました。

アルマの触手による、アルマ触覚とでも言いましょうか。イツキさんは、相手のアルマに自身のアルマで触れることで、即座にその量と位置取りを確認。人体に漂うアルマ量の薄い部分、目に見えない『急所』目掛けてその刀を振り抜きました。

私も打ち込んだのを見て、初めて理解できた程の微細《びさい》な隙間。そこに正確に打ち込まれた一撃は、タンッと一つ音を立てて、アルムさんの動きを止めました。

「峰《みね》打ちだ。その心意気に免じて、斬りはしない」

「が……グゼ……様」

アルムさんは膝から崩れ落ち、体内に蓄積されていたグゼさんのアルマは霧散《むさん》しました。

とても落ち着いた空気を纏《まと》い、静かに刀を収めたイツキさん。以前と表情が違って見えるその心中で何が起こったのか、私には知る由《よし》もありません。

これで、グゼさんへの道を阻む障害は沈みました。残るはグゼさん。そして、兄様の出番です！

「……失敗しちゃいました。やっぱり私、酔っていたみたいですね。嘘でも愛してる、と言った方がよかったんでしょうか。まさかこんな精神的ダメージで、私のアルマを与えていたヴロミコとアルムさんが倒れてしまうとは思いませんでしたよ」

「……嘘なんかで、こいつらは変わらない。どちらにしてもこいつらは負けていた。たとえお前に愛されずとも、こいつらはお前のために力を尽くして戦っている」

グゼさんの溜め息交じりの言葉に、イツキさんは鋭い視線を送った。その言葉にグゼさんは目を丸くし、首を傾げる。

「あれ、利用されてると喚《わめ》かないのですね？　まぁ、いいですよ。済ちゃんとは直接力比べをしたかったですし……アキカさんもウスハさんもアルマ残量が酷いですから、一対一でちょうど平等《フェア》ですね」

タクトをぱくりと口に加えて、ニッコリと笑うグゼさん。両の手を開放した、それは戦闘開始の合図でしょうか。

しかも彼女……あ、彼は私のアルマ残量を見抜いていました。アルマを見る技術を持ち合わせ、治癒術『アルマの移動』というアルマコントロールの極致《きょくち》のような芸当を操るその力、そして国中から集めた膨大な量のアルマ、その総合的な戦闘能力は計り知れません。

恐らくはイツキさんの語る、『剣も持てないか弱い少女（少年だけど）』という姿は、過去のものでしょう。

しかし、グゼさんは一つだけ間違えている。

兄様は、アルマ量で窺い知れるような器ではないのです！

失恋のショックで凍りつく兄様を励ますために、私は兄様に向き直りました。

私は兄様に歩み寄り、凍りつく肩を抱きしめ、囁きました。

「兄様、大丈夫ですよ。私がいますから。そんなに落ち込まないでください。兄妹とか関係ありません！　さっきのヴロミコさんの言葉で私、目覚めました。たとえ兄様が全人類からフラれても、私がお嫁さんになりますから！」

ついでに愛の告白です！　傷心につけこむのは気が引けましたが、関係ありません。だって、私は兄様を愛しているのだから！

兄様の硬直した身体は次第に解《ほぐ》れていきます。兄様は私の肩に手を掛け、突き放して真剣な表情で言いました。

「お前はない」

ベコォッ！

心地よい音と共に、私のハイキックで頭をガクンッと倒した兄様が、ゴロゴロドタドタと騒々《そうぞう》しい音を立てて、地面に沈みました。悲鳴すら上げませんでした。

ふう。これで一仕事完了ですね！

「な、何やってるんだ、お前⁉」

イッキさんがすごくビックリしています。はて、どうしたのでしょう？

「い、いくらフラれたからってそこまですることはないだろう⁉　凄い音がしたぞ⁉」

「ア、アキカさん、さすがに今のは……ウスハさん、私が治療しましょうか……？」

酔いが冷めたみたいな顔をして、グゼさんが顔を引きつらせています。んー、二人とも何を言っているのかさっぱりです。

「大丈夫ですよ」

「何で⁉」

イッキさんがあまりにも興奮して叫ぶので、私は胸を張ってお答えしました。

「だって兄様を愛していますから！」

何言ってるんだこいつ、みたいな目で見てくる才羽兄妹。もう、一体何なんでしょう？

取り敢えず私は一仕事を終え、ふうと息を吐きました。

残り時間……まあわずかでしょう。途中で儀式の中断があったとしても。

さて、あとは兄様の出番。

兄様の、最高に格好いいとっておきにお任せするだけですね♪

うつ伏せの状態からぴくりと動く兄様に、私はぞくりと懐かしい感覚を味わいながら、鳥肌を立てて興奮を覚えました。

グゼさん。あなたの本心を、兄様の暗中無心拳、第二段階で試させていただきます。

才羽済

アキカが突然ウスハを蹴り飛ばした。ウスハは物凄い音と共に首を曲げ、地面に糸の切れた操り人形のように転がって、うつ伏せのまま動かなくなった。

私も幾度となく人の死に立ち会ったことがあったが、それでも今回は軽く引いた。

アキカは兄であるウスハに恋心を抱いていた。そして思い切って告白。しかしそれを拒否され逆上、兄を殺害するに至った。

「いや、殺してないですよ？」

何故か平然と、何事もなかったかのようにニコッと笑うアキカ。こいつは怖い女だ。

しかし、実際私はウスハの凄さというものを見ていない。アニードから聞いた程度だ。

それはいまいち信用ならない。何より今、転がって動かない様子を見ると、とてもじゃないが戦力とは数えられないだろう。

そしてアキカは既にガス欠。アルマはほとんど残っていないだろう。

つまり、私一人で救世を相手にする必要があるということだ。

タクトをくわえた救世は、器用にもその状態から言葉を発する。

「ウスハさんは退場してしまいましたし、アキカさんもアルマ不足。これなら一対一で戦えますね、済ちゃん！」

「随分と好戦的になったたな」

「ええ。ずっと、ずっと……済ちゃんとは手合わせしたいと思っていましたから！」

救世が本当に嬉しそうに笑う。いつ以来だろうか、こいつのここまで楽しそうな笑顔を見るのは。

何故、私と手合わせしたいと思っていたのか。見捨てたことに対する復讐？　いや、違う。

私はヴロミコというテラスの救世に対する想いを聞いたとき、昔のことを少しだけ思い出した。

救世がアルマを流動させながら、その場で軽くとんとんと小さく跳ねた。

軽いステップ。準備運動のようだ。五回のステップを終えて、救世は笑顔を私に向けると、目をすっと細めた。

私から見ると、瞳から優しさが消え去ったように映った。

「行きます」

丁寧に攻撃の宣言を行い、救世は短い歩幅ながら一瞬にして私の目の前まで駆けて来る。

速い！

「私も付術、覚えたんですよ！」

咄嗟に刀を構え攻撃に備えたが、救世はにっこりと目の前で笑っただけで、手を出して来なかった。むしろ無防備に、腕を後ろで組んでさえいた。

「どういうつもりだッ！」

私は刀の峰を、救世目掛けて打ち付けようとした。すると救世はすっと手を添え、それを受け止める。……ん？　手は後ろに組んでいたはずじゃなかったのか？

「峰打ちとか、そういう気遣いは無用ですよ。どうせ私は斬れませんから！　ほら、殺してみてください。本気で来ないと、私も力を見せられないじゃないですか」

救世は刀をぱっと離して、滑《すべ》るように後退する。そして、口に銜《くわ》えたタクトを右手で摘《つま》み、ひらひらと泳がせた。

「ほらほら。早くしないとレークス様、戻って来ませんよ？　救うんじゃないんですか？」

「くっ、そんな軽い挑発……！」

私はトップスピードで距離を詰める。この速さに付いて来られる者など、いないはずだった。

しかし救世はタクトを突き出す。私の目の前に。そう、文字通り目を刺すように。

「……！」

刀よりも圧倒的に短いリーチのタクトが迫る。

私はギリギリで反応し、強い力を込めて地面を後方に向けて蹴る。何とか目を狙うタクトの前で停止し、飛び退いた形だ。

こちらは刀のリーチに合わせて攻撃を考えていた。だから私が近付くとき、タクトに突っ込むような状況が起こるはずがない。そこまで接近するつもりはなかった。

救世は私の動きに合わせ、目にも止まらぬ速度でわずかに前進したのである。私の距離感を狂わせる程、自然に。

そして、いつの間にか私の背中は壁にぶつかっていた。救世との距離を十分に取ろうとはしたが、ここまで後退するはずはない。

「凄い勢いで逃げますね」

トンッと私の額にタクトを当てて、救世が微笑んだ。歩く素振りも走る素振りも見せず、タクトを突き出した直立姿勢のまま、その姿は私の目の前にあった。

距離が縮まったことさえ気付けなかった。

異常な現象に身震いする。余りにも圧倒的。絶望すら忘れる程に非常識。

「どうしました？　そんな、化け物でも見るみたいな目で、お兄ちゃん、傷付くなぁ」

その不気味な笑顔を見て、私の身体は反射的に動いていた。軽い挑発を受けても貫こうとしていた峰打ちを咄嗟にやめ、私は刃を救世に向けて、至近距離から反撃に移ろうとしていた。

しかし手は動かなかった。手首をぐっと握られ、私の攻撃は制される。

「ぐっ」

「そんな怯えた鼠の噛み付きみたいな攻撃ではなくて、もっと凛々しく剣を振ってもらえませんか？」

ツンと額をタクトで突かれる。ほんの少し痛い程度。血も流れない、可愛い程度のちょっかい。しかしそれは、今まで向けられたどんな剣よりも恐ろしかった。

救世はぱっと手首を解放し、タクトを額からすっと引く。気付けばその距離は、再び刀のリーチ以上に開いていた。

「どうしたんですか？　私を殺すと意気込んでいたじゃないですか」

動きがまるで捉えられない。だったら、アルマで捉えるまで。

私はアルマの感覚を刀のリーチより長く伸ばす。広範囲に感覚を張り巡らせれば、接近は察知できるはず。そしてそこから付術で高速化した居合《いあい》を当てればいい！

刀を構えた私は、鼻の先の救世と視線を合わせ、救世の動きに備えた。

……え、鼻の先？

「どうしました？　アルマを広げて……あ、もしかして、アルマの触覚で私を捉えようとしてました？　ごめんなさい。余りにも邪魔だったんで――」

救世は私の目の前で、その掌に載《の》せた光の球を見せびらかした。それは明らかに、私が伸ばした感知用のアルマだった。

「ちぎって丸めちゃいましたよ」

ぐしゃりと救世は私のアルマを握り潰した。アルマを物質のように扱う？　なんだそのデタラメなアルマコントロールは。私は抑えきれない寒気を振り払うように、刀を振るう。

救世の言うとおり、怯えた鼠のように。

「やめてくださいって言いましたよね？　怯えて剣を振り回すの」

私の刀、魔具《ヴィヴロス》パラドスィは、救世に指で摘まれた。両の手を添え、力を込めても、人差し指と中指で固定された刀はぴくりとも動かない。

パキン！

軽い音がした後、私の両腕はようやく動いた。

「怪我しますよ。危ないので……刃物は没収ですね」

楽々と、救世の指でへし折られた私の刀。刀身の折れる音と共に、想像以上の化け物となった救世を前に、私の心が折れる音がした。

「もう、いいです。ゆっくりと休んでいてください」

「クレフティス」と唱えた救世が、タクトで私の肩を叩く。

その瞬間に、身体の力がふわりと抜けた。まるで気力を全て吸い取られたような虚脱感《きょだつかん》。足が立つことを拒み、身体は地面にへたりと落ちた。

「済ちゃんには、もう動けるだけのアルマは残っていませんよ。私が美味しくいただきましたから」

ちらりと舌を出し、救世はくすくすと笑った。アルマを奪われた？　これが救世の言っていた治癒術の力？

動かせず、震える身体。座り込み、立てない私に救世は顔を寄せて、優しく囁いた。

「……ね？　お兄ちゃん、強くなったでしょ。これからは、済ちゃんのこと、私が守ってあげるから」

「救世、やっぱり、お前は」

その言葉に、気付きかけていたものが確信に変わる。

救世は変わってなどいなかった。中学に入り、女らしく姿を変えていったあのときも、レークスに捨てられたあのときも、エクスィレオスィを立ち上げ反逆者の烙印を押されたときも。全く、変わらなかった。

救世を見る私の目が変わっていただけだったのだ。

「救世。兄貴、頼むから……やめてくれ！　レークスを、返して……」

情けない懇願。今更何を言っているのだろうか、そんな風に自分を嫌悪してしまう程の身勝手な甘え。救世なら、私の言葉を聞いてくれる、そんな妄想。

救世は優しく微笑み、私の頬を伝う涙を指で拭《ぬぐ》った。

「済ちゃんからお願い事をされたのは、いつ以来かな。嬉しいな。でもね、今は聞けないよ」

「ゴメン、私が悪かったから……」

「済ちゃんがどうして謝るの？　済ちゃんは何も悪くない。レークス様のことなら心配しないで。必ずいいようにしますから」

笑顔。笑顔。笑顔。

張り付いた仮面のようなその笑顔は、私の顔から離れていった。救世はゆっくりと立ち上がり、私からその視線を外す。

兄貴……。

「……どうして、ウスハさんは、立ち上がっているんですか？」

救世の間の抜けた声に、私も視線を向けた。そこにあったのは、あれ程激しく倒れたはずのウスハの姿。

静かに、声も出さずに、頭を垂れる姿はまるで人形のようだった。

ウスハの頭が徐々に持ち上がる。

その顔を見て、救世の顔色が変わる。私も目を見開いた。ウスハはぎょろりと白目を剥いていたのだ。

怖い。いや、それは白目を剥いて立っている男が怖いとか、そういう意味じゃない。

私は漠然とそこに立つ『何か』に恐怖を感じた。

触れてはいけない、触れてはいけない。危険、危険。

ウスハはゆらりと一歩を踏み出した。私の身体が震えている。

ウスハはもう一歩を踏み出した。救世の眉がぴくりと動く。

何が起こっている？　さっきまで気絶していたはずのウスハが、何故今立っている？

そして今、私はどうして、ウスハに対して恐怖を抱いている？

「あ、あはは……！　ウスハさん、それ、何ですか？　もしかして、アニードさん達を倒したときみたいに戦うんですか？　……いいですよ。受けて立ちましょう。一国分のアルマ、それによる付術、それにあなたは付いてこれますか？」

今の救世と私、力で劣っているのはどちらかと言われれば、悔しいが圧倒的に私だ。しかし、戦闘の経験では負ける気がしない。危険と向き合ってきた直感と言うべきか。それが告げている。

そいつに手を出してはいけない、と。

救世は恐らく気付いていない。目の前にいる男の危険性に。

私は、絞り出すように救世に声を掛けようとしたが、既に遅かった。

救世の俊足《しゅんそく》は、アルマの弱った私の目には捉えられない。

気付いたときにはタクトを握る救世の細腕は、ウスハの手にぐっと掴まれていた。

「……！」

ウスハの立っていた位置で、救世の腕がウスハに掴まれているということは、恐らく仕掛けた救世をウスハが捕らえたのだ。

救世は顔を歪ませ、腕を振りほどこうと膨大なアルマを腕に集中させた。

「……ど、どうして!?　離れない！」

ウスハは腕を逃がさない。人間とはかけ離れた怪力を誇る付術強化後の腕力を、軽く握っただけでビクともさせない。何故、動かない？

ウスハの額に救世が手を伸ばす。

その瞬間に、救世の身体が遥か後方に移動していた。

救世はどうやってあの拘束から脱出したんだ？　……いや、私が抱いた疑問は的外れだったと、救世の表情を見て理解する。

救世はウスハの拘束から解放され、距離を取ったにもかかわらず、きょとんとした表情を浮かべていた。対するウスハは、静かにその腕を前方に伸ばしている。

まさか、救世が距離を取ったのではなく、ウスハに距離を取らされた？　ウスハはあそこまで救世を弾き飛ばしたとでもいうのか。

救世も自身の身に起こったことを理解してか、どっと冷や汗を流しているようだ。

「何ですかそれは……！」

「暗中無心拳、その第二段階ですよ」

得意げに解説を始めたのはアキカ。惚《ほ》れ惚《ぼ》れとした表情で、その目は白目を剥いて動かない不気味な男を捉えていた。

「兄様の暗中無心拳は、相手の殺意や敵意に反応して、意識のない状態で反撃する……いわば無意識の暗殺拳」

あんちゅうむしんけん？　一体何を言っているのか。ウスハがその拳法を扱っていると
でも言うのか？　そもそもただの拳法で、最強クラスの付術の動きに付いていけるとでも
言うのか？

「無意識カウンターといっても、やはり意識がはっきりした状態から移行すると、理性で
多少制限がかかってしまいます。人を傷付けることへの抵抗、殺《あや》めることへの戸惑い、そ
の他本人の良心が、無意識モードへの突入と動きを鈍らせるのです。一時的に記憶や理性
が吹っ飛ぶように見えても、実のところわずかに残るそれらが能力を抑え込んでいます。
そこで、兄様にはその理性を捨て去ってもらいました」

アキカはにっこりと笑って、ウスハを指差した。

「今の兄様は、気絶している……いえ、眠っていると言った方がいいでしょうか。兄様は
普通の人間が気絶する程度の衝撃を与えると、眠りに落ちてしまうんです。身体が丈夫な
ので、普通の人間が気を失うくらいじゃ、ビクともしないんですけどね。あれは反射的に
眠っているだけで、気絶とは言えないでしょう」

眠っている、眠っているだと？　今、あそこに立って、救世の一撃を受け止めたあれが？

「暗中無心拳第二段階、『スリープモード』。本気の兄様は、寝ながら戦うのです！」

ぐっと拳を握り締めたアキカの熱い解説。にわかには信じがたい。眠りながら戦う、そんなことができるのか？　それに何の意味がある？

「そんな話、あるわけ……」

救世は言いかけて、動きを止めた。

距離はあった。しかし一瞬で、付術で動体視力を強化している救世ですら捉えられない速さ……いや、速さなのか？

見えていないからとても説明できない。

理解の遥《はる》か向こう側にあるその瞬間移動は、ウスハの身体を救世の前に運んでいた。威圧するようにその白目が眼前に迫り、救世は口をぱくぱくさせる。

「気を付けてください。今の兄様に少しでも敵意や殺意を向けたら、すぐに気取られますよ？　第一段階『無意識モード』では見逃されている小さな感情でさえ、取り零《こぼ》すことなく捉えますから」

「くぅ……！」

救世は目を細め、勢いよく後方に加速した。距離を取り、タクトを激しく振り回す。ブツブツと呪文を唱え、アルマを激しく流動させる。何かの魔法を発動させるつもりだ。

「アンベ……」

　またも一瞬。コマ落ちしたのかのように、場面は切り替わっていた。王の間に聳《そび》える大樹。救世はそこに押し付けられていた。口をウスハの左手で封じられ、握っていたタクトは、いつの間にかへし折られている。

　ウスハは完全に、救世の魔法の発動を無効化していた。

「んーーー！」

　救世が目に涙を溜めながら唸る。しかし、塞がれた口から言葉は出ない。何が起こっているのか、全く理解が及ばなかった。

　救世は必死で足掻《あが》きながら、右手をウスハの脇腹に添えようとする。

　しかしそれすらも許さないウスハ。気付けばその右手は、救世の口を塞いでいたウスハの左手で押さえつけられていた。やっと口を解放された救世。

「うう……何なんですか、あなたは一体なんで、悉《ことごと》く、私の行動を見抜けるのですか！」

「グゼさん。兄様は殺意や敵意、攻撃の意思を正確に読み取ります。今では軽く背中を突くつもりでも、腕を掴まれてしまうでしょう。そして、敵意が強ければ強い程、兄様の制裁も強くなる」

　それはつまり、殺す気でかかれば、殺す気で反撃してくるということか。

　そこで気付いた。

ならば何故、救世は今も生きているのか？

「いい加減に……してください！　そんなはず、あるわけないじゃないですか！　ノトスの力を集約した私が、アルマも扱えないただの人に……」

救世は目に涙を溜めていた。化け物を前にして、身体はがたがたと震えていた。唇を噛み締め、救世はタクトを手放した左手を動かそうとする。しかし、次の瞬間には既に封じられていた。

「無駄ですよ、救世さん。既に兄様に、あなたの魔具《ヴィヴロス》は折られました。この時点であなたの野望は潰《つい》えています。未だに引かないアルマを見る限り、アルマ共有の治癒術の媒体は大樹のようですけどね。付術による力でも逃れられない、魔法をサポートする魔具《ヴィヴロス》もない、治癒術を使おうにも兄様は危害を及ぼす行動を全て封じ込める。膨大なアルマを活かす手段もない今、もうあなたは負けています」

救世は誰の目から見ても、完全に敗れていた。静かに、短時間に、呆気なく。

「うう、ううう……」

救世の嗚咽《おえつ》が花で埋もれた王の間に響きわたる。制圧された救世の姿は、泣き声は、表情はとても痛々しかった。

「あと、少しだったのに……あと少しで、あと少しで！　そう、まだ。まだです。まだ、終わらせません！　最後まで、どんな手段を用いても……」

「もうやめましょうよ、グゼさん」

　いつの間にか、アキカの姿は救世を拘束するウスハの隣にあった。少し悲しげな目で、救世を見つめる。

「変な強がりも、悪役のフリももうやめましょう？　あなたの本当の目的は、私には分かりませんけど……似合わないことをやって、一番辛いのはグゼさんじゃないですか」

「強がり……悪役のフリ？　何を言っているのですか？　私は大義のために……強がりなんかじゃありません！　私はなんとしてでも、なんとしてでも！」

「知っていますか？　兄様の前では、嘘なんて吐《つ》けないんですよ」

　その言葉の意味が、今の私には理解できた。

　ウスハは相手の殺意や敵意に反応して同等の制裁を返す。殺す気で掛かれば、殺しに掛かってくる。言わば鏡のようなもの。

　ならば何故、救世はそんな男と対峙して、今こうして生きているのか。タクトを折られ、拘束されている。どうして傷一つ負わずに、動きだけを封じられているのか。

「兄様は、やられるであろうことを先に行う。殺されそうになれば殺しに掛かるし、傷付けられそうになれば、傷付けにかかる」

「そ、それがどうしたというのですか。それがどうして嘘を吐けないことになるのですか⁉」

声を荒らげ、もがく救世。しかし、その行動に『敵意』がないことは明らかだった。

「あなたはどうして、命を奪われるどころか傷も付けられていないのですか？　どうしてあなたは、兄様にこうして押さえつけられているだけなのですか？」

「……！」

救世の表情が明らかに変わった。動きを止め、口を閉ざし、視線を泳がせる。

「本当は、誰も傷付けたくないのでは？　恵まれている人に、痛みを強いるつもりなんてないのでは？　王様、レークスさんを、犠牲にするつもりなんてないのではありませんか？」

「違います、私は……」

言葉を濁した救世の身体を、ウスハはすっと解放した。

支えを失い、大樹にもたれ掛かるようにへたり込む救世は、力なく地面を見つめている。身体を動かすことなく、脱力していた。

ウスハが完全に救世を解放したのは、恐らくは救世に敵意が欠片もなくなったことを示しているのだろう。

今までスリープモードのウスハが、執拗《しつよう》に救世を拘束しながらも傷付けなかったのは、救世がウスハ相手に、動きを封じ込めることしか考えていなかったからなのではないか。

「イッキさんと戦っていたとき、刀を恐怖で振るったイッキさんに、あなたは言いましたよね。『怯えた鼠の噛み付き』と。普通は鼠も、弱い存在も、追い詰められたら強者に噛み付くんですよ」

救世の言葉と臆病な私を思い返す。

「でも、あなたはあそこまで兄様に迫られながら傷一つ負っていない。圧倒的な化け物を前にしても、あなたは噛み付かなかった。あくまで拘束にこだわり続けた。だから兄様は、あなたを押さえつけることしかしなかった」

私がもし、あれに迫られていたら、反射的に刀を抜いているだろう。恐ろしい未知の存在を前にして、牙をむいてしまうだろう。

しかし、救世にはできなかった。いや、しようともしなかった。

「どれだけ追い詰められても他人を傷付けることができないのに、どうして復讐で人一人を消すことができるのですか。どうして恵まれている人々に、痛みを与えることができるのですか」

もはや、救世は反論の一つもしなかった。力なく、虚《うつ》ろな表情で床を見つめ、涙を流していた。

眠るウスハには本質が見えていたのだ。

妹の私でも、気付けなかった、忘れかけていた、救世の本質。

あいつを慕う、まっすぐで一途な男の目が語っていた、何の濁りもない感情。

どうしてそれを見るまで、私は忘れてしまっていたのか。

「危険な相手でも、自分に害を与えられようとも、傷さえ付けず、痛みさえ与えない。そんな優しいあなただから、兄様はこうして解放しているんです」

救世は涙を拭いながら、ぽつりと呟いた。

「優しくなんて……ないですよ。レークス様も、済ちゃんも、貧しさに苦しむ人々も、救うことのできない私なんて」

レークスを、私を、救う？

言葉の意味こそ分からなかったものの、私でも疑いようのない切実さが宿っていた。

「話してもらえますか？　あなたの本当の目的を。そして、あなたの本当の気持ちを」

アキカの優しい声が、そっと救世に降りかかる。

そして救世は諦めたように、その口をゆっくりと開いた。

才羽救世

私は間違って男に生まれてきた。

私の目から見ても、鏡に映る自分は男ではないようだった。

そんな『私』を、当時の『僕』は嫌だと思った。

そしてそれは自分勝手なコトなのだと、私は中学生になって知った。


私は物心ついたときから、自分の容姿が受け入れられなかった。

私は男。男の子。だけど皆は私を女と思い込む。鏡を見た私も、それが男とは思えなかった。両親は女の子っぽい服を買ってくれたし（勿論スカートまでは履かされませんでしたよ?）、まるで着せ替え人形のように可愛がられました。履かされませんでした。

当時の私は両親の愛情を受け入れるべきだと考えていました。女の子として扱われることが嫌いだったにもかかわらず。

男らしくない男、そんな私が嫌いで……幼稚園の頃は女の子と友達から勘違いされ、小学校では告白される。それをよく思わない当時の私。それでも笑ってやり過ごす。とても苦痛な日々で、私はいつもいじけていました。

そんな私には、とても格好いい妹がいました。

才羽済。私よりも背が高くて、凛々しくて、とても強い女の子です。周りの人、男の子からも女の子からも頼りにされていて、芯の強い立派な妹でした。

済ちゃんは昔から弱っちい私をいつも守ってくれました。苦しいときも、困ったときも、黙って私を助けてくれました。

両親からも言われていました。「救世を助けて上げてね」と。立場が完全に逆。これでは私が弟みたいです(妹とは言わせません)。私は済ちゃんが助けてくれて、とても嬉しかったし、いつからかそれに依存《いぞん》していました。それが済ちゃんを苦しめているとは知らずに。

男の子として意地を張りたいくせに、意地を張るだけの度胸も力もない。私は本当にちっぽけな人間です。

そして、身の丈に合わない背伸びがどれだけ馬鹿なことだったのかと、私は中学生になって、初めて知ったのです。

「お前、女みたいなんだから髪短かったらおかしいだろ」

中学に入学してからすぐ、クラスの男の子に言われました。どうして女みたいだと、髪が短いとおかしいのでしょうか？

私は短すぎる髪が嫌いだったので、男の子にしては少し長いくらいでした。しかし、みんながそれを望むので、私は髪を切ることをやめました。

「お前、女みたいなんだから男みたいな態度とるなよ」

髪が伸び始めたとき、クラスの男の子に言われました。

どうして男なのに、女みたいだからって男らしくしちゃいけないのでしょうか？　しかし、みんながそれを期待するので、私は男の子らしく振舞うのをやめました。

「お前、女みたいなんだから、自分を『僕』って呼んだらおかしいだろ」

女らしい振舞いに慣れた頃、クラスの男の子に言われました。どうして女みたいだったら『僕』と名乗ってはいけないのでしょうか？

分かりませんでしたが、みんなが言うので『僕』は『私』になりました。

そこで私は気付いたのです。

私が男の子らしくしていて、誰が喜ぶのでしょうか。誰がそれを望むのでしょうか。それは私一人のワガママなのではないか、と。

私が女の子らしくなると、両親はとても喜びました。私が女の子らしく振舞うと、友達は笑ってくれました。

人が喜び笑ってくれる。私がこうあることで他人が幸せになれるのならば、私はこうあるべきなのではないか、そう思うようになったのです。

勿論、女子の制服を着ろというのは学校の規則で無理でした。しかし、少なくともできる範囲で、私は『望まれる私』でいようと決めたのです。

それで人を幸せにできるのなら、『救世』なんていう弱くて小さな私には不釣合いな名前にも、少しは向き合えるのかな、そう思いました。

しかし、万人に受け入れられる私、というのもなかなか難しいもので、望まれるままに振舞う私に不満を持っている子もいました。

済ちゃんです。

私は相変わらず弱いままでした。望まれるままに。しかしそれは済ちゃんの兄として、立派な男になることとは、まるで正反対のことでした。

妹にいつも助けられて、妹を全く助けられない。そんな兄が許されるはずありません。

私はせめて済ちゃんの前では男らしく頼れる人間になろうと努力しましたが……いえ、努力という程のことはできていないでしょう。

私は結局、済ちゃんが私に呆れてしまうまで、強くなれなかったのです。

遂に済ちゃんを怒らせ、私は必死にその手を握りました。情けなく、縋《すが》り付くように。

そしてそのとき、私達は魔法陣に囲まれたのです。

球界《テッラ》、異世界へと通じるその扉に。


私達は、伝承に残る天使として喚び出されました。そして、国の統治のためにその力を貸して欲しいと、私達を召喚した王様、レークス様は言うのです。

レークス様は、済ちゃんと同年代で十四歳。その若さで王位につけるものなのか、と驚いたものです。

レークス様はとても悩んでいました。

若くして王位についた彼は、その若さ故に、有力な家臣から軽んじられていたそうです。それ以外にも、彼をよく知らない国の人間からは、青臭い若造だと侮られていました。

だからこそ、彼は天使の儀式を見つけ出し、その力を振りかざし、自分を侮る者を見返してやりたいと思ったそうです。

天使は喚び出され、この世界にて成長する。世界を救う力を得る程に。

王様は、ノトスに伝わる高度な教育を提供し、私達に強い力を求めました。そして、レークス様の力をノトス中に広めて欲しい、そう望みました。

済ちゃんはすぐに頷きました。私も合わせて頷きました。

しかし私には、レークス様は天使の力で自分を誇示する必要などないように思えました。自分自身で天使の儀式を研究し、遂にはそれを完成させる根気と才能。それ程の能力を持っているのに、幼さという分かりやすいステータスに踊らされる。

なんだか、見た目に踊らされる私と似ているようで、心が痛みました。私には中身がないので、まるで違いますが。

私はレークス様のために、何ができるかを考えました。

しかし、メキメキと力をつける済ちゃんと違い、私には何の才能もありませんでした。剣も握れない、魔法もうまく使えない、アルマというものの仕組みも感覚も分からない。次第に私を見るレークス様の目が冷たくなっていくのを感じました。

レークス様に信用されている私と済ちゃんの教育係の方も、そして済ちゃん自身も、私に心底呆れ果てたようでした。

それでもいい。何か、何か私にできることを。私は精一杯考え、自分なりに様々な文献を読み漁り、何か一つでもできることがないか探しました。

しかし、結局何も見つかりません。

遂にレークス様は、私に愛想をつかしました。

役に立たないものは要らない。必要のないものは要らない。出て行け。

仕方ありません。何故なら私は穀潰《ごくつぶ》し。働きもしないのに、恵みを受けるのは間違っているでしょう。済ちゃんとお別れするのは寂しかったですが、これ以上ここに私の居場所がないことは分かっていました。

外の世界を見てこよう。この城の外の、もっと広い世界を。そしてそこから見つけ出しましょう。レークス様を救える方法を。

そんな決心を固めて、最後のお情けのお金をありがたく受け取り、私は一人、異世界の大地に踏み出したのです。

……そして、ようやく見つけることができました。

とうの昔に理解し、ずっと分かっていたこと。

私には、望まれるままに身を捧げることしかできないということを。

さ迷い始めてから、しばらくしてのことでした。

道端に、枯《か》れかけた花を見つけました。

私は花に、手で汲んだ水をあげようとしました。

元気になぁれ。元気になぁれ。

想いを込めて、あげた水。それは枯れかけた花を、一瞬にして蘇らせたのです。

「あなた、それは治癒術？　まさか、ノトスの地で見られるなんて」

寂れた街、人々の心も荒《すさ》みきった街で、綺麗に咲いた花をしゃがんで見つめる私に、声をかける人がいました。

それは綺麗な女性でした。銀色の髪を垂らし、金色の瞳を輝かせた、とても美しい宝石のような女性。

「治癒術……これはそういうのですか？」

「まさか、あなた知らないで？　……凄いわ。これは普通の人間にはとてもできない魔導なのに」

女性はにっこりと笑って、私に手を差し伸べてくれました。久しぶりに人から優しく接してもらいました。

「あなた、私に付いてこない？　あなたの才能、私が開花させてあげる」

その手を取りました。結局私は、人に頼る生き方しかできないのかもしれません。

「それに、あなたの悩みの助けにもなれると思うのだけれど」

私はかなり思い詰めていたようです。初めて出会った女性にも、その悩みを見抜かれる程に。

「私はアリスィダ。呼びにくかったらアリスでいいわ。あなたと同じ、治癒術使いよ」

「わ、私は才羽救世。救世と申します……」

「グゼ、ね。いい名前。素敵じゃないの。さ、おいで」

治癒術使いである彼女は、世界中を旅する冒険者でした。私は彼女から、簡単な治癒術の知識を教わり、彼女のお古の魔導書をもらいました。

アリスに治癒術を教わって一ヶ月。花に水を与える感覚、アルマを他人に受け渡す感覚を理解して、私は初めてアルマの存在をこの身に感じ、治癒術の扱いを、アルマコントロールの感覚を覚えました。

アリスは私の相談にも乗ってくれました。レークス様のお役に立ちたい。困っているレークス様を助けたい。そして、自分の力をもっと何かに役立てたい。

「だったら面白い治癒術があるわ……それはとても遠い道のりで、あなたはとても苦しい思いをするものだけれど。それさえ成せれば、レークスって王様も、もしかしたら救えるかもしれないわね」

アリスは私に教えてくれました。国一つを動かす程の大規模治癒術。

「その名も『エクスィレオスィ』。未だに誰も完成させたことのない、究極の治癒術。あなた、それを完成させてみる気はない?」

その治癒術は、レークス様も、この国ノトスの人間も、そしてずっと苦しめていた済ちゃんをも救い出せる希望の光でした。

伝説の治癒術の概要を聞いた私は、一つの方法を見出しました。

そして、多くを教えてくれたアリスと別れ、私はノトスでその治癒術を発動させるため、国中を旅することにしたのです。

私に治癒術の基礎を叩き込んでくれたアリスは、別れ際に言いました。

「絶対にエクスィレオスィを完成させるのよ……そのときは私もノトスまで見に来るからね」

アリスはにっこり笑うと、旅仲間と共に去って行きました。そして私のエクスィレオスィは、動き出したのです。

エクスィレオスィ、その本当の最終地点は『神の創造』。治癒術により膨大なアルマを集約し、人間一人を神と呼ばれる程の存在にまで昇華《しょうか》させること。

治癒術により作り出した大樹『世界樹』をアンテナに、花を植えつけた者達のアルマを共有させる。

世界樹は通常の根に加えて、地中にアルマの根を広く張り巡らせるという特性を持ちます。

その特性を利用して、ノトス中に根を伸ばし、世界樹が好む樹の成長に使われたアルマ、つまり私のアルマを求めさせる。

その結果、樹は私が治癒術を施した生命の中に存在する、私の残留アルマを求めて根を繋げます。

世界全体にアルマ根を伸ばす世界樹にとって、ノトス一国くらいなら、私のアルマ残留者を網羅《もうら》することは容易です。

こうして、巨大なアルマリンクが完成します。あとは世界樹をコントローラー代わりにリンク先のアルマをコントロールすれば、それを自由に移動させることが可能になるのです。

世界樹にノトス中の人々のアルマを集約し、それを一個体に定着させる。

やがて神を創り出す、それが伝説の治癒術『エクスィレオスィ』。

魔具《ヴィヴロス》も折られ、エクスィレオスィも未完成に終わった私に、今更その計画を隠す理由はありませんでした。一頻《ひとしき》り、エクスィレオスィとは何かを語った私に、アキカさんが尋ねます。

「……それであなた自身が神になろうと？」

「ええ。そうです」

「嘘はやめてくださいよ」

すぐに否定されました。あはは、やはり彼女には嘘を吐けそうにありません。

「確かに。私は神になるなんておこがましいこと、考えたこともありませんよ。そうです。

私の唯一の目的は、レークス様を神にすることです」

「レークスを……？」

そう。私はレークス様を神にするために、このエクスィレオスィを発動させた。弱い立場の者達の、強い立場の人間に対する嫉妬や恨みを利用して。

「レークス様は、ずっと若い自分が軽く見られることに苦しんでらっしゃいました。それは、たとえ強い部下を持っても解放される苦しみじゃありません。いずれはその部下さえも、自分を軽んずる敵だと思えてしまうはず。その苦しみから解き放たれるには、レークス様自身が、誰からも認められる程に大きく強くなるのが一番なんです」

自分でも嫌になる私自身の体験談。私を守ってくれる優秀で優しい妹、済ちゃんを嫌いになったこともある、愚かで醜い私の過去。それは口に出しませんでしたが。

「そして、これは希望的観測にしか過ぎませんでしたが、レークス様は今、その苦しみのせいで、近くにいる強い人間にしか目が向かなくなっています。だから、弱い人間を思いやる余裕がないのです。でも、もしも心に余裕ができたのなら、レークス様は、弱い立場の人間に目を向けてくださるのでは……と思ったんですよ」

「自分を捨てた、勝手で酷い王様なのに？」

アキカさんの言葉には、強い怒気《どき》が含まれていました。

ああ、アキカさんも怒るんですね。どうしてでしょう。エクスィレオスィの仲間になってくれた人達も、テラスの皆も、怒っていましたね。よく分かりません。

「勝手じゃないですよ。それにレークス様は、賢いですが弱っちい方ですから。弱い人間に、弱い人間の心が理解できないハズがないじゃないですか」

そう。賢い方なのです。盲目的にならなければ、恵まれない人々がいることも、その人達のために何をすべきかということも、理解できる方のはずなのです。

「保険をかけてある、でしょう？　そしてそれを口に出せないのは……」

はぁ、アキカさんはなんでもお見通しみたいです。ウスハさんでなくても、アキカさんも十分に嘘を見抜けるのではないでしょうか。

やだなぁ。済ちゃんに怒られるかも……エクスィレオスィの皆にも。

「ええ。レークス様を、手放しに神にするつもりは毛頭ありませんでした。ちょっと、意地悪なことを言うと、レークス様って結構周りが見えない方ですので、もしもその力を使い間違えたら困ります。そこで私自身が、そのアルマを制御する魔具《ヴィヴロス》となるつもりでした」

済ちゃんが目を大きく開きました。

「魔具《ヴィヴロス》になる……？　それは一体どういうことだ」

「死ぬ、ってことじゃないですか？　グゼさん」

「な⁉」

済ちゃんが唖然としていました。

「やだなぁ、アキカさん。死にはしませんよ。ただ身体は失って、アルマを制御する魔具《ヴィヴロス》、アルマの塊として、レークス様の中で生き続けることになるだけです」

「そんなもの、死んでいるのと同じじゃないか⁉」

「……ええ。そうかもしれませんね」

膨大なアルマ。それをコントロールするのは、普通の人間には不可能でしょう。それこそ、アルマコントロールのアの字も知らないレークス様には到底無理。

だからこそ、制御を支える存在が必要。しかし、それがレークス様以外の者であっては、レークス様は救われることはないのです。

「私がレークス様の腕としてアルマを操れば、レークス様は思うがままに力を操ることができますし、間違った方向を修正することもできるでしょう。せめて、弱い立場にある人間に十分な救いを与えるくらいはお願いするつもりでしたよ」

やっぱり済ちゃんは怖い顔をしていました。

私にはどうしても、それが理解できませんでした。

エクスィレオスィの皆も、私が命を危険に晒して人を救うとき、とても怖い顔をしました。どうしてでしょう、私は間違ったことなどしていないはず。

「私のような力なき人間が誰かを救うには、命を捧げるほか、方法なんてないじゃないですか」

治癒術は、私が人を救うための唯一の手段。

弱い私はアルマを人に捧げることしかできない。私は恵まれなくとも構わない。ただ人が望むがまま私の力を使うだけ。

献身。それが私の、私が唯一できる救世《きゅうせい》なのだから。

「レークス様が強くなれば、済ちゃんが危ない目に遭うこともありません。私がレークス様の腕となって、済ちゃんも守るはずだったんですけど……あはは、失敗しちゃいましたね？」

そう、失敗した。全て、失敗。

レークス様に膨大なアルマを受け入れさせるための慣らし時間も稼《かせ》げなかった。私をレークス様のアルマ制御装置として組み込む治癒術を記録した魔具《ヴィヴロス》も折られた。長い年月を掛けたその記録を、今から復元するのは困難でしょう。

せっかく、時間稼ぎに多くの同志が協力してくれたのに……いえ、嘘を吐いて利用させてもらったのに。アキカさんとウスハさんを、ここに至るための踏み台にしたのに。その償いさえ、計画が止まってしまってはできません。

私は何も成せなかった。

世界樹に手を添え、内在する膨大なアルマを送り返す。私の治癒の性質を加えて。

「救世、何を……？」

「同志達に、アルマをお借りした人達に、借りたものをお返しします。そして怪我をしている同志の治療を」

「遠隔《えんかく》で治療までできるんですか？」

「ええ。アルマを送ることとさえ可能なら」

今回の時間稼ぎで、多くの同志が負傷しました。中には死に至りかねない程の重傷を負った者も……本当に、私は酷いことをしてしまいました。

余すことなく治療を施します。それしか、私にできることはないから。

「同志達には、いざというときはここから離れる様に指示が行き届いているはずです。あとはレークス様を解放するのみですね」

そして、レークス様を解放した後は……。

世界樹に添えた手に、私のわずかなアルマを流し込む。すると幹はメキメキと音を立てながら開き、中から人を吐き出しました。

「レークス！」

済ちゃんがへたり込んだまま、声を上げます。世界樹から解放されたレークス様は息を切らしながら、私を鋭く睨みました。

「グゼ、よくもやってくれたな……」

強い怒り。当然でしょう。私のレークス様に対する無礼は、恐らくレークス様に神の力を献上しても許されないもの。だからこそ、私は力の制御のためだけでなく、同志達への償いの意味も含めて、お詫《わ》びするためにこの命を捧げるつもりでした。

「申し訳ありません、レークス様。覚悟はできております。私の処分はなんなりと……」

「当然だ。せっかくこちらが貴様の力を認めてやろうと言っていたのに、私に牙を剥くとはな。伝承の天使。反逆の重さを思い知らせる見せしめとしては、なかなかよい肩書きじゃあないか」

「ええ。首都にいるテラスも退却させます。全て、レークス様のお力ということにすれば、あなたを侮る目も変わるでしょう。しかし、どうか、私の同志達だけにはお慈悲を……彼らは私が騙して操っていただけですので」

「フン。お前さえ晒し者にできれば構わんさ。楽には死なせん。覚悟しておけ！」

覚悟はできています。

私の命が何かの役に立てるのなら、私は喜んで捧げましょう。

私の命で全てが償えるのなら、私は進んで差し上げましょう。

そう、覚悟はできていたのに。

「レークス。待ってくれ」

済ちゃんは、私にアルマを奪われ、満足に動けないはずなのに、立ち上がりました。

「なんだイツキ？　言っておくが、お前がこいつの処刑を請け負いたい、という頼みは聞けないぞ。　こいつは私の手で直々に……」

「違う」

「じゃあ、なんだというのだ？」

覚悟はできていた。

なのに済ちゃんは、昔のように、また私を助けようとしてくれました。

「救世を、許してやってくれ」

「何？」

私は驚きました。レークス様は怪訝《けげん》な表情を浮かべていました。済ちゃんは、私とレークス様の間によろめきながら立ち、膝をつき頭を垂らしました。

「確かに救世は、馬鹿なことをした。だが、それはレークスのためでもあったんだ。こいつは復讐や私怨《しえん》で動くような奴じゃない。他人を陥れる《おとしい》ことを目的に、嘘を吐く奴じゃない。いつでも人のことばかり、自分のことを全く顧みない、馬鹿で優しいだけの奴だったんだ」

「今更になって兄妹の情が湧いたか。あれ程反逆者としてグゼを憎み、殺そうとしていたくせに」

「私は何も見えていなかった！　昔から、こいつは変わってなどいなかったのに！　勝手に嫉妬し恨みを抱き、こいつが変わったと決めつけていただけだったんだ！」

済ちゃんが何を言っているのかは分かりません。

「こいつは雨の日に、自分の傘を貸してびしょ濡れになって帰って来るような奴なんだ。こいつは教科書を忘れた友達に、教科書を貸して授業が分からなくなってしまうような奴なんだ。こいつは告白してきた男が可哀想になって、ＯＫの返事をしてしまうような奴なんだ」

済ちゃん、最後のはやめてください。それぱかりは忘れたいことですし、相手のためにならないと反省したことでもあるんですから。治癒術でも治せない傷口を抉る《えぐ》のはやめてください……。

「それがどうした！」

「こいつが動くのには、いつも他人のためという理由があった。女らしくなっていったのも、きっと誰かのためだった。薄々は気付いていたのに、私はそれから目を背《そむ》けていた……思い出したよ、あいつを見て。こいつが好かれるときはいつも、見た目だけでなく、その優しさを見られていることを。だから、入れ込む奴がいる。一度玉砕したとしても、こいつが男と分かっていても！」

「それと私に対する反逆、なんの関係があるというのだ⁉」

「だから、今回の件はレークス、ノトスの者達、そして……私のために！」

「黙れ！　聞きたくもないわ、そのような世迷言《よまいごと》！　お前も今更唆されたのか⁉　あいつに唆されるなと、進言したのはお前だろうが⁉」

「違う、頼むから……話を聞いてくれ、レークス！」

「いい加減にしろ！」

　レークス様の顔が、みるみる歪んでいく。

　もうこれ以上は庇ってもらわなくてもいい。これ以上庇われたら、死にたくないと思ってしまう。済ちゃんと別れたくないと思ってしまう。

　済ちゃんの服を掴み、「もうやめて」と言おうとしたとき、レークス様は冷たい目で済ちゃんを睨みつけ、言い放ちました。

「……お前も私を裏切るのか。だったらお前も一緒に死ね！　役に立たない道具などに、もう用などないわ！」

済ちゃんは顔を上げ、レークス様を見上げました。その表情は見えませんでしたが、悲哀の感情がひしひしと伝わってきました。

レークス様を愛している、そう言った済ちゃん。居場所をくれた恩人だと、レークス様を慕っていた済ちゃん。今まで努力して、必死に尽くしてきた済ちゃん。たとえ手を汚そうとも、たとえ傷つこうとも、ずっと戦ってきた済ちゃん。

それを道具呼ばわり？　役立たず呼ばわり？

勝手なのは分かっていた。私にレークス様に意見する権利も資格も価値もないことは分かっていた。でも私は、その言葉にだけは黙っていられなかった。

「撤回《てっかい》してください」

「何？　……ぐっ⁉」

私は初めて暴力に訴えていました。一番嫌いな手段に頼っていました。

やっぱり私は愚かなようです。

付術による身体能力強化。治癒術の微細なアルマコントロールのついでに身に付けた、未熟な私の技術。少ない私のアルマ量でも、その身体は楽に持ち上げられました。

胸倉を掴み、気付けば私はレークス様を、睨みつけていました。

「撤回してください。私は何をされようと、なんと罵られようと、想いを否定されようと構わない。だけど、あなたを想う済ちゃんを……道具と侮ることは許さない！」

「救世……やめてくれ。いいんだ、私のことは。今度こそ、取り返しがつかなく、なるから！」

それが済ちゃんの頼みでも、済ちゃんの優しさでも、その頼みは聞けなかった。

大切な妹をそんなふうに扱われて、黙っていられる兄がいるものか！

「撤回してください。それとも、強く言わなきゃ分からないですか？　……撤回しろ！　そして二度と済ちゃんにそんなことは言わないと誓え！　一人のあなたを想う人間として、ちゃんと済ちゃんを見ろ！」

済ちゃんは泣いていた。当然だ。好きな人に道具と呼ばれた。済ちゃんだって女の子なんだ。どれ程強くても、女の子なんだ。

私は引かない。初めて、兄として、済ちゃんのために怒る。

今更だけど、絶対にこれだけは譲れない。

しかし私の想いは、済ちゃんの想いは、レークス様に届かなかった。

「道具を道具と呼んで何が悪い⁉　お前らは私が喚び出した、ノトス統一の道具に過ぎないのだ。手入れも十分してやった、大切に扱ってやった。だから私に尽くして当然だろう⁉　それで役に立たない、使えない道具ならば捨てて当然。また新しい道具を用意するだけだ！」

　私は初めて人を殺したいと思いました。

　無意識のうちに、手に付術でアルマを纏《まと》わせ、槍のように固めた指先で、その憎たらしい言葉を吐く口を抉ってやろうとしていました。

「ごめんなさい、済ちゃん。私、あなたが好きな相手を許せません……恨んでください」

「救世っ！　お前が手を汚すことなんてない！　もういいから！　やめてくれ、兄貴！」

　メキッ！

「ぐ……げ……!?」

　私は唖然としました。済ちゃんもぽかんとしていました。

　私が掴んでいたレークスの身体は、横方向にぶっ飛んで、世界樹にめり込んでいました。

　どうやらその衝撃に驚き、私は無意識に手を放してしまっていたようです。

　私の前には足を高々と上げた、アキカさんが立っていました。

　その足が、レークスの顔をひしゃげる程に強く蹴りつけているのを、私は付術なしでもこの目で捉えることができました。

　アキカさんは、にっこりと屈託《くったく》のない笑顔で私の顔を見て、首を傾げました。

「ムカついたので蹴っちゃいました♪　グゼさんの手を掛けるなんて勿体《もったい》ない！　ここは

私が……ちょっと、教育的指導をしてきますね」

アキカさんは、世界樹にめり込んだレークスを引き剥がすと、ずるずると首根っこを掴みながら引きずり、王の間の入口まで連れていきました。

「絶対に、覗かないでくださいね」

そう言って、にっこりと影のかかった笑顔を浮かべたアキカさん。

何故か私はその笑顔にスカッとし、どきりと不思議な胸のときめきを感じました。

唖然とする済ちゃん。

それを気遣うことも忘れて、私はぽかんとアキカさんの凛々しい後ろ姿に見惚れていました。

……数秒後、城内に物凄い悲鳴が響きわたりました。そこで何が起こっているのか、それを確認する勇気は、私達にありませんでした。

杏樹明華

ノトスに起きた騒動。多くのテラスが雪崩込み、首都を混乱に陥れたその事件の結末は、思いの他あっさりしたものでした。

戦闘を行なった兵士達と、テラスとエクスィレオスィのメンバー。その双方にほとんど傷はなく、テラス達は騒動の後、首都からすぐに去って行ったそうです。

首都に残ったのは、城の天井を突き破り、高々と聳《そび》える巨大な樹木。それがノトスに刻まれた、わずかな傷跡。

騒ぎを起こしたエクスィレオスィ。そしてそのリーダー、伝承の天使、才羽救世。その団体の処罰、そして彼女……でなくて、彼の処分はひとまず軽いものになりそうです。

え、どうしてかって？　さあ。王様も、自分の悪い所を認めてくれたのでしょうかー？

私にはよく分かりませんねー。

まあひとまず、彼と、その仲間達のその後についてはまた今度ということで。

首都パラディソス。その街並みを眺めながら、私は宿へと向かいます。

事件から一日しか経っていないにもかかわらず、街はすっかり落ち着きを取り戻していました。

ようやく辿り着いた、貸し出された宿の一室。

がちゃりと音を立てて扉を開けると、そこにはベッドで眠る兄様がいます。無理もありません、スリープモードを使った後は、大分疲れが溜まりますので。

ベッドの傍に座って、兄様の顔を覗き込ました。

救世さんを、しっかりと救ってくれた兄様。

「やっぱり、兄様は凄いんです」

この世界は、やっぱり兄様を認めてくれる。兄様が輝ける。私はそれが叶えば十分でした。

そして、もしも兄様が劣等感を感じることなんてないと気付いてくれたそのときは、あ・・の日みたいに、私を見てくれるのかな？

「……なあんて」

そんな高望みをしながら、私はこの異世界、テッラに思いを馳《は》せます。

その物思いを断ち切るように、その愛おしい声は大きく、大きく響きわたりました。

「うおわあああ⁉」

いきなり飛び起きる兄様。そんな兄様に、少し驚きながらもいつもの様に挨拶をする。

「兄様、おはようございます」

とある日のお昼どき。何気なく始まる新しい一日。

異世界テッラの日々は、まだまだ続きそうです。

あとがき

どうも、私、十一月には少々季節外れな名前ですが五月蓬《ごがつよもぎ》と申します。

この度は文庫版『エンジェル・フォール！』を手に取って下さり、ありがとうございます。色々な方々のお力添えのお陰で、ここまで至ることが叶いました。

この場をお借りしまして、皆様に御礼申し上げます。


あとがき、という素敵な機会をいただいたので、本作について少し語りたいと思います。

本作の主人公、薄葉は地味で平凡な高校二年生です。所謂《いわゆる》、ファンタジー小説に登場する主人公のような華やかさがないどころか、勇敢さといった強靭《きょうじん》な精神も持ち合わせていません。そういう意味では、彼は主人公らしからぬ、あまりに普通すぎる主人公と言えるでしょう。

だからこそ、この物語では多くの登場人物達の視点を借りています。彼らから見ないと、薄葉が主人公と成れないからです。

主人公を取り巻く色々な立ち位置の人達によってその側面が浮き彫りにされ、そこからさらに世界が広がり、今のような物語が生まれました。

本作は、薄葉という主人公を見つめる多くの人達の群像劇《ぐんぞうげき》なのです。つまり、彼ら全員が主人公と言えるかもしれません。

一癖も二癖もある登場人物からすれば「普通」で「地味」な薄葉。そんな普通ではない彼らが生きる世界で、ぶっとんだ活躍をする彼の存在にこそ本作の醍醐味《だいごみ》がある、と私は考えています。

彼らを描くのは、とても楽しいです。作者である五月蓬とは、全く異なる性格のキャラクター達。彼らと意識を共有する私も楽しかったり悲しかったり一喜一憂《いっきいちゆう》しながら筆を進めています。そんな気持ちを、皆様とも一緒に味わえたならば至上の幸福です。

蛇足ですが、ペンネームに用いた蓬には「幸福」という花言葉があったりします。

皆様にも幸福を――。

そんな願いを込めつつ、またの機会に、とご挨拶《あいさつ》申し上げます。

二〇一四年　十一月でも　五月蓬

超エンタメファンタジー!
2015年
TVアニメ化!
コミックス
漫画:竿尾悟
アルファポリス
COMICS
自衛隊VS異世界の軍勢!
累計24万部突破の大人気シリーズ、待望のコミック化!
自衛隊無双!
イタリカ防衛戦!
累計45万部突破の
箱根で繰り広げられる
米中露工作員の激闘
累計80万部突破の
帝国との
講和交渉開始!
だが水面下で主戦派が動き出す!
累計120万部突破の
帝国皇子の非道!
日本人発覚!
難航する講和交渉の行方は…?
累計126万部突破の
各定価:本体700円+税
アルファライト文庫
文庫
45万部突破!
日本自衛隊、異世界制圧!
美人自衛官が異世界で無双バトル!!
激闘自衛隊VS炎龍!!
美少女達と異世界探索!
異世界帝国内乱勃発!!
白ゴス亜神と「門」の謎を追え!
自衛隊特殊部隊、敵地急襲!!
激烈、最終決戦!!
「門」大崩壊!!
ゲート
自衛隊 彼の地にて、斯く戦えり
外伝1.南海漂流編
柳内たくみ
上
下
2015年
TVアニメ化
アルファライト文庫
150万部
外伝1巻
(上・下)
待望の文庫化!
各定価:本体600円+税　イラスト:黒獅子

かつてないスケールの
ゲート
柳内たくみ
Yanai Takumi
自衛隊
彼の地にて、
斬く戦えり
累計150万部!
最新
外伝4巻
大好評発売中!
単行本
異世界戦争勃発!
巨大炎龍vs陸自!死闘開戦
自衛隊空挺団帝部奇襲
自衛隊激闘!
門封鎖!
遭難
大祭典開催!
ゲート
外伝四 白銀の晶姫編
柳内たくみ
自衛隊
彼の地にて、
斬く戦えり
ついに「門」開通!外伝シリーズ堂々完結!
大ヒット!シリーズ累計150万部突破!
2015年
アニメ公式サイト＞ http://gate-anime.com/
TVアニメ化!

アルファライト文庫

本書は、2012年6月当社より単行本として
刊行されたものを文庫化したものです。

エンジェル・フォール！1

五月 蓮（ごがつ よもぎ）

2015年 1月 5日初版発行

文庫編集－中野大樹／太田鉄平
編集長－塙綾子
発行者－梶本雄介
発行所－株式会社アルファポリス
〒150-6005東京都渋谷区恵比寿4-20-3恵比寿ガーデンプレイスタワー5F
TEL 03-6277-1601（営業） 03-6277-1602（編集）
URL http://www.alphapolis.co.jp/
発売元－株式会社星雲社
〒112-0012東京都文京区大塚3-21-10
TEL 03-3947-1021
装丁・本文イラスト－がおう
装丁デザイン－ansyyqdesign
印刷－株式会社廣済堂

価格はカバーに表示されてあります。
落丁乱丁の場合はアルファポリスまでご連絡ください。
送料は小社負担でお取り替えします。

ISBN978-4-434-19952-3 C0193